Karl Olsberg

Galactic Gamers · Der Portalschlüssel

Bisher von Karl Olsberg im Loewe Verlag erschienen:

Boy in a White Room
Girl in a Strange Land
Boy in a Dead End

Galactic Gamers – Der Quantenkristall
Galactic Gamers – Mission: Asteroid
Galactic Gamers – Der Portalschlüssel

Karl Olsberg

GALACTIC GAMERS

DER PORTALSCHLÜSSEL

Band 3

Mit Illustrationen von Kaja Reinki
und Ron Lipkowski

Loewe

ISBN 978-3-7432-0643-4
1. Auflage 2021

Umschlag- und Innenillustrationen: Kaja Reinki und Ron Lipkowski
Umschlaggestaltung: Michael Dietrich
Redaktion: Sarah Braun
Printed in the EU

www.loewe-verlag.de

Inhalt

Schlechtes Timing

Nachdenklich schlendert Felix den Weg zur Schule entlang. Drei Tage sind seit seiner Begegnung mit dem seltsamen Dr. Moron vergangen, doch der Wissenschaftler ist ihm seitdem nicht mehr aus dem Kopf gegangen. Er machte einen ziemlich verwirrten Eindruck, aber er weiß offenbar, dass Felix Kontakt zu Außerirdischen hat. Doch woher bloß?

Er sprach davon, dass Aliens die Herrschaft über die Erde übernehmen wollen, und warnte Felix davor, sich mit ihnen einzulassen. Das ist natürlich Quatsch.

Bargel, Lysia, Thorax und Schjk sind seine Freunde. Sie wollen ganz bestimmt nicht seinen Heimatplaneten erobern.

Andererseits sind nicht alle Außerirdischen so freundlich und gutmütig. Zyrra zum Beispiel, die Anführerin der Unbesiegbaren Helden, ist hinterhältig und böse. Wenn sie die Weltherrschaft an sich reißen würde, wäre das eine Megakatastrophe. Aber es gibt ja auch hinterhältige und böse Menschen. Vielleicht sind die meisten Katzenwesen sogar nett. Umgekehrt könnte es bösartige Tentakelschweine geben, die eine Invasion der Erde planen.

Felix wird bewusst, wie wenig er über die Galaxis und all die fremdartigen Wesen weiß, die da draußen leben. Womöglich wäre es doch keine schlechte Idee, Dr. Moron die Wahrheit zu erzählen. Immerhin scheint der sich mit Außerirdischen auszukennen. Und wäre es nicht gut, wenn die Regierungen aller

Länder wüssten, dass die Menschen nicht die einzigen intelligenten Lebewesen in der Galaxis sind? Würde das nicht vielleicht dazu führen, dass die Völker der Erde enger zusammenrücken und sich weniger untereinander streiten?

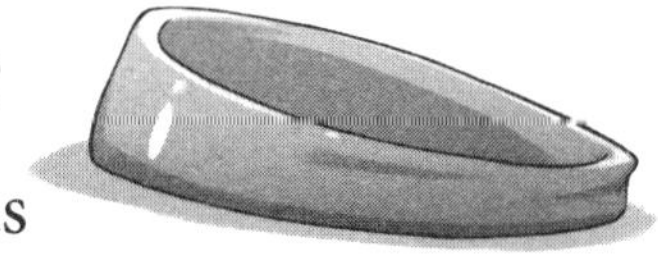

Dr. Moron braucht dringend etwas von der Technologie der Aliens, um die Anwesenheit Außerirdischer beweisen zu können. Felix könnte ihm das goldene Stirnband – den Kommunikator – geben, damit er ihn untersuchen und so womöglich herausfinden kann, wie er funktioniert.

Doch das würde bedeuten, dass Felix sich nicht mehr mit Bargel und Lysia verständigen könnte. Und noch schlimmer: Dr. Moron würde vermutlich Mama davon erzählen. Wenn sie erführe, dass Felix bei den *Galactic Games* mitgemacht hat und dabei mehrmals in Lebensgefahr geraten ist, würde sie ausflippen. Sie würde ihm jeden Kontakt mit Team Tentakelfaust strikt verbieten und ihn nie mehr aus den Augen lassen. Die *Galactic Games* könnte er sich abschminken. Er würde weder Bargel noch Lysia je wiedersehen.

Nein, weder Dr. Moron noch sonst jemand darf die Wahrheit erfahren, vor allem nicht Mama. Selbst vor Dilara muss er seine Abenteuer verheimlichen, so gerne er ihr auch davon erzählen würde. Die *Galactic Games* müssen unbedingt sein Geheimnis bleiben!

»Hallo, Felix«, sagt jemand, als er das Schulgelände betritt. »Was geht ab?«

Überrascht dreht sich Felix um. Neben dem Tor steht Stefan, ein schlanker Junge mit kurzem braunem Haar. Er ist einer der besten Sportler in Felix' Klasse und hängt immer mit dem fiesen Mike herum. Meistens hat er besonders laut gelacht, wenn Mike sich über Felix lustig gemacht hat. Stefan hat ihn noch nie einfach so angesprochen.

»Äh, nichts«, antwortet Felix verwirrt.

»Keine Monster in letzter Zeit gesehen?«, fragt Stefan mit einem schiefen Grinsen.

Felix zuckt innerlich zusammen. Jetzt fällt ihm ein, dass Stefan auch dabei war, als er vom fiesen Mike gejagt wurde und Team Tentakelfaust zu Hilfe holte.

»Nein, wieso?«, gibt er zurück.

»Das war echt total cool, wie du diese Außerirdischen herbeigerufen hast. Wie hast du das eigentlich gemacht?«

Stefans Stimme ist freundlich, doch da ist ein Ausdruck in seinen Augen, der Felix nicht ganz geheuer ist.

»Was für Außerirdische?«, fragt er und bemüht sich, verwundert zu schauen.

Stefans Gesicht verfinstert sich. »Jetzt tu nicht so, als wüsstest du nicht, wovon ich rede!«

»Ich hab wirklich keine Ahnung, was du meinst. Außerdem fängt der Unterricht gleich an.«

»Wir haben in der Ersten Englisch und du weißt doch, dass die Smith immer zu spät kommt«, widerspricht Stefan. »Also kannst du mir ruhig sagen, wie du das neulich neben der Turnhalle gemacht hast.«

»Ach das meinst du!« Felix lacht gekünstelt. »Das waren nur ein paar Freunde von mir, die sich verkleidet haben. Die haben euch einen ganz schönen Schreck eingejagt, was?«

Stefans Augen verengen sich. »Blödsinn! Die sind einfach so aus dem Nichts erschienen, das habe ich genau gesehen. Das waren eindeutig Außerirdische. Ich habe das gegoogelt. So was ist nicht zum ersten Mal passiert. Das Internet ist voll von Geschichten über Begegnungen mit Aliens. Sie sind hier und sie wollen die Erde erobern. Das hat Dr. Moron gesagt.«

»Du warst das also, der ihm davon erzählt hat!«, entfährt es Felix.

»Ha!«, ruft Stefan triumphierend. »Also gibst du es zu!«

»Ich gebe gar nichts zu. Lass mich in Ruhe!«

Stefan stellt sich Felix in den Weg.

»Sonst?«, fragt er drohend.

Felix versucht, sich an Stefan vorbeizudrängen, doch der kräftige Junge packt seinen Schulranzen und hält ihn daran fest.

»Ich will wissen, wie du das gemacht hast!«

»Lass mich los!«

»Erst verrätst du mir, wie du die Aliens gerufen hast! Hatte es mit dem goldenen Band zu tun?«

»Schwachsinn! Ich habe dir schon gesagt …«

»Hey, ihr beiden, wieso seid ihr noch nicht im Klassenraum?«, unterbricht eine scharfe Stimme den Streit.

Felix dreht sich erleichtert um. Mrs Smith, die Englischlehrerin, steht hinter ihnen. Das war Rettung in letzter Sekunde!

»Entschuldigung, Mrs Smith, wir wollten gerade in die Klasse gehen«, sagt Felix schnell.

Stefan wirft ihm einen finsteren Blick zu, wagt es jedoch nicht, zu widersprechen.

Den Rest des Vormittags geht Felix Stefan aus dem Weg. Es ist fast so wie früher: Die kurze Phase, in der seine Klassenkameraden Respekt vor ihm hatten und die Fieslinge ihn in Ruhe ließen, scheint schon wieder vorbei zu sein. Wenigstens wirkt Mike immer noch eingeschüchtert. Außerdem hat Felix nun Dilara auf seiner Seite. Wenn er mit ihr zusammen ist, traut sich Stefan offenbar nicht, ihn auf die Aliens anzusprechen.

Nach der Schule macht Felix extra einen Umweg, weil er Angst hat, dass Stefan ihm auf dem Heimweg auflauern könnte. Zu Hause begrüßt ihn Mama, die bereits von der Arbeit zurück ist, mit einem Kuss. Er wirft seinen Ranzen aufs Bett und geht auf die Toilette.

Als er wieder in sein Zimmer kommt, steht Mama da, den Kommunikator in der Hand.

»Wie kommt das Stirnband in deinen Ranzen?«, fragt sie verwundert. »Ich habe es gefunden, als ich deine Pausenbrotdose herausholen wollte.«

»Das, äh, gehört einem Mädchen in meiner Klasse.«

»Hast du nicht gesagt, deine Cousine Ariana hätte es dir weggenommen?«

Felix wird rot.

»Äh, das dachte ich auch, aber ... aber dann habe ich es doch in meinem Ranzen wiedergefunden. Ich hab mich wohl geirrt. Tut mir leid.«

Mama runzelt die Stirn und ihre Augen werden ganz schmal. So guckt sie immer, wenn sie wütend wird.

»Lüg mich nicht an!«, sagt sie.

Felix erschrickt. Weiß sie etwa, was los ist? Hat Dr. Moron ihr von den Aliens erzählt?

»Äh ...«, macht er.

Mama hält den Kommunikator hoch. »Heute ist genauso ein Stirnband mit der Post angekommen, Tante Beate hat es geschickt. Sie hat einen Brief geschrieben, in dem sie sich dafür entschuldigt, dass Ariana so gemein zu dir war. Kannst du mir das mal bitte erklären?«

»Äh ...«, stößt Felix erneut hervor. Mehr fällt ihm nicht ein.

»Ich sage dir, was ich glaube, Felix.« Mamas Stimme ist zornig. »Das Stirnband gehört in Wirklichkeit Ariana. Du hast es ihr weggenommen, um sie zu ärgern. Und als sie es wiederhaben wollte, hast du diese Geschichte mit dem Mädchen an eurer Schule erfunden. Ich habe Tante Beate angerufen und sie gebeten, das Stirnband zu schicken, dabei hatte Ariana es gar nicht. Doch Tante Beate hat anscheinend nicht ihrer eigenen Tochter geglaubt, sondern dir. Sie hat also extra ein neues Stirnband gekauft und es hergeschickt. Wie stehe ich denn jetzt da? Du hast nicht nur mich angelogen, sondern auch Tante Beate, und du warst gemein und ungerecht zu deiner Cousine, die deshalb vermutlich auch noch bestraft wurde!«

»Nein, so war es nicht …«, beginnt Felix, stockt jedoch mitten im Satz.

Mit aufgerissenen Augen starrt er hinter Mama. Dort neben der Spielekonsole ist gerade ein heller

Spalt erschienen, aus dem ein Alien mit dem Körper eines Schweins, vier Tentakelarmen, Stielaugen und Fächern an den Schläfen heraustritt. Ausgerechnet jetzt! Felix schüttelt heftig den Kopf, um Bargel klarzumachen, dass das ganz schlechtes Timing ist.

»Ach nein?«, ruft Mama wütend. »Wie war es denn dann? Und sieh mich gefälligst an, wenn ich mit dir rede!«

Doch Felix kann nur mit vor Schreck geweiteten Augen Bargel anstarren, der nicht zu begreifen scheint, dass er wieder verschwinden soll.

»Blobbgrumpf zwirgl snusi falla«, sagt der Alien.

Mama dreht sich um und stößt einen Schreckensschrei aus.

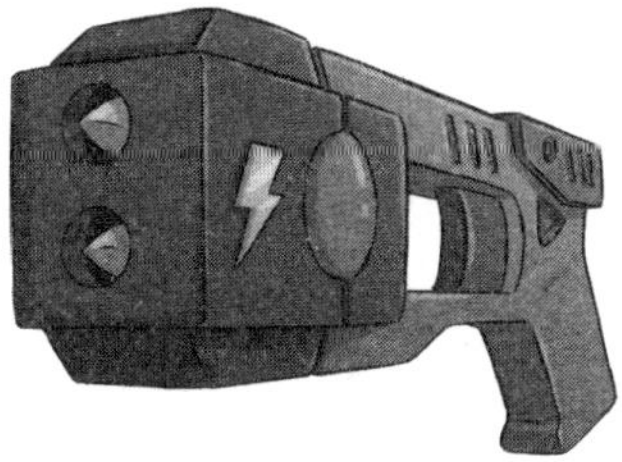

Geheimtreffen im Park

Der Kommunikator fällt Mama aus der Hand. Felix hebt ihn blitzschnell auf, legt ihn sich um die Stirn und flüstert: »Bargel, verschwinde! Schnell!«

»Okay, okay«, sagt der Alien. »Ich geh ja schon. Melde dich, wenn die Luft rein ist. Aber beeil dich! Die nächste Runde geht bald los.«

Damit verschwindet er wieder in dem Quantenportal, das sich daraufhin auflöst. Felix nimmt rasch den Kommunikator ab und wirft ihn zurück auf den Boden.

Mama dreht sich langsam zu Felix um. Ihre Augen sind schreckgeweitet und ihr Gesicht ist kreidebleich.

»Was … was war das?«, fragt sie.

Felix hasst es, Mama anzulügen, aber manchmal geht es eben nicht anders.

»Was war was?«, spielt er den Ahnungslosen.

»Das … das Ding da gerade … mit den Tentakeln …«

»Was für ein Ding mit Tentakeln?«

Mama setzt sich aufs Bett und stützt den Kopf in die Hände.

»Ich … ich glaube, ich habe in letzter Zeit zu viel gearbeitet und zu wenig geschlafen«, sagt sie. »Ich dachte gerade, ich hätte ein seltsames Wesen gesehen. Hier im Zimmer! Es sah aus wie einem Albtraum entsprungen. Aber es muss eine Halluzination gewesen sein.«

Sie seufzt und steht auf.

»Es war wirklich zu viel Stress in letzter Zeit. Am besten, ich bleibe ein paar Tage zu Hause und ruhe mich aus. Über das Stirnband reden wir ein andermal. Ich lege mich erst mal hin. Abendessen ist im Kühlschrank.«

Mit schwankenden Schritten verlässt sie sein Zimmer. Felix hat ein schlechtes Gewissen. Doch wenn schon allein Bargels Anblick Mama so erschreckt, wie schlimm wäre es erst für sie, würde sie die ganze Wahrheit erfahren? Besser, sie denkt, sie hätte sich das alles nur eingebildet.

Das funktioniert allerdings nur, solange so etwas nicht noch einmal passiert. Sollte Bargel ein zweites Mal vor Mamas Augen auftauchen, wird sie nicht mehr an eine Halluzination glauben. Felix muss dringend mit ihm sprechen. Aber nicht hier! Zwar hat Mama gesagt, dass sie sich schlafen legt, doch wie er sie kennt, kann sie trotzdem jeden Moment wieder in seinem Zimmer stehen.

Rasch hebt er den Kommunikator auf und steckt ihn ein. Als er aus seinem Zimmer kommt, ist seine Mutter in der Küche und kocht sich einen Beruhigungstee.

»Ich muss schnell noch mal los«, sagt er.

»Los? Wohin denn?«

»Ich bin, äh, verabredet.«

»Nanu? Du verabredest dich doch sonst kaum. Mit wem triffst du dich denn?«

»Kennst du nicht. Wir, äh, lernen für eine Klassenarbeit.«

»Für eine Klassenarbeit?« Mamas Augen werden wieder schmal, so, als ob sie ihm nicht glaubt. Doch dann entspannt sich ihr Gesicht plötzlich und ein Lächeln stiehlt sich auf ihre Lippen. »Okay, verstehe. Aber bleib nicht zu lange.«

»Keine Sorge, ich bin bald zurück«, verspricht Felix, greift sich seine Regenjacke und verschwindet durch die Wohnungstür, bevor Mama es sich anders überlegen kann.

So weit, so gut. Doch wo kann er sich gefahrlos mit Bargel treffen?

Der Park! Er liegt in der Nähe der Schule. Dort gibt es ein Wäldchen mit dichtem Gebüsch, in dem Felix früher, als er noch klein war, Verstecken gespielt hat. Zum Glück regnet es gerade und das bedeutet, dass nicht viele Spaziergänger draußen sein werden.

Unterwegs blickt sich Felix immer wieder nervös um. Einmal sieht er einen Mann mit Hut und Regenmantel. Folgt der ihm etwa? In diesem Moment hält der Mann vor einer Haustür und betrachtet die Klingelknöpfe. Felix geht weiter.

Als er den Park erreicht, sind keine Spaziergänger in der Nähe. Er versteckt sich in einem dichten Gebüsch und hockt sich auf den Boden, bevor er das Stirnband hervorholt und es sich umlegt.

»Bargel?«, flüstert er. »Bargel, kannst du mich hören? Hier ist Felix. Ich rufe Team Tentakelfaust!«

Ein leuchtender Spalt öffnet sich im Gebüsch vor ihm und das Tentakelschwein tritt heraus.

»Na endlich!«, sagt Bargel. »Was war denn los? Warum musste ich wieder verschwinden?«

»Meine Mutter war bei mir im Zimmer«, erklärt Felix. »Sie hat dich gesehen. Zum Glück glaubt sie, du seist nur eine Halluzination gewesen. Sonst hätte sie den Kommunikator einkassiert und mir verboten, jemals wieder an den *Galactic Games* teilzunehmen.«

»Eine Halluzination? Ich? Das ist ja wohl eine Frechheit! Und überhaupt, wieso lässt du dir denn von deiner Mutter sagen, was du tun darfst?«

»Nun ja, äh, bei uns auf der Erde haben Mütter nun mal das Sagen, bis wir erwachsen sind.«

»Eine seltsame Spezies seid ihr! Egal, genug geredet. Komm, die nächste Runde beginnt schon in ein paar Millizyklen und …«

Plötzlich bricht Bargel zuckend zusammen, wälzt sich auf dem Boden und schlägt mit seinen Tentakeln wild um sich.

»Bargel!«, ruft Felix erschrocken. »Was … was ist denn?«

»Ha! Erwischt!«, erklingt eine triumphierende Stimme hinter ihm.

Felix dreht sich um und starrt Dr. Moron an, der grinsend aus einem Gebüsch hervorkommt. In der Hand hat er ein Gerät, das aussieht wie eine Pistole.

Zwei dünne Drähte sind daran befestigt und führen zu Bargel, der jetzt reglos am Boden liegt.

»Was … was haben Sie getan?«, ruft Felix.

»Keine Angst, das war bloß ein Elektroschocker. Ich war mir nicht sicher, ob er bei Aliens funktioniert. Offensichtlich hat es geklappt.«

Er beugt sich über Bargel und stupst ihn mit einem Finger an. Dann hebt er einen schwarzen länglichen Gegenstand auf, der neben Bargel auf dem Boden liegt, betrachtet ihn kurz und steckt ihn ein. Im selben Moment verschwindet der leuchtende Spalt, durch den Bargel gekommen ist.

Dr. Moron wendet sich wieder an Felix, der immer noch vor Schreck gelähmt dasteht: »Schnell, Junge, hilf mir, dieses Monster zu fesseln, ehe es wieder aufwacht!«

»Das ist kein Monster! Das ist Bargel, mein Freund!«

»Wusste ich doch, dass du mit den Aliens unter einer Decke steckst! Am besten, ich nehme dich auch gleich mit!«

Dr. Moron greift nach Felix, der rasch einen Schritt zurück macht.

»Lassen Sie mich los!«

Der Wissenschaftler holt ein Smartphone hervor und tippt darauf.

»Code Rot!«, sagt er. »Wiederhole: Code Rot! Brauche dringend Verstärkung!«

Fieberhaft überlegt Felix, was er tun soll. Wen auch immer Dr. Moron zu Hilfe holt, diese Leute werden ihn bestimmt mitnehmen und an irgendeinen geheimen Ort bringen, um ihn zu verhören. Andererseits: Wenn er jetzt flieht, ist Bargel verloren.

In diesem Moment erklingt Gebell.

»Hierher, Oskar!«, hört Felix die Stimme eines Mannes.

Dr. Moron sieht sich erschrocken um. Da kommt Felix eine Idee. Schon im Kindergarten hat er gelernt, dass er laut um Hilfe rufen soll, wenn ihn ein fremder Mann anspricht.

»Lassen Sie mich los!«, brüllt er. »Hilfe!«

Das Bellen wird lauter und ein kleiner weißer Hund mit struppigem Fell kommt ins Gebüsch gelaufen. Er schnüffelt an Bargel, dann bellt er erneut.

Dr. Moron blickt zwischen Felix und Bargel hin und her, dann stößt er einen Fluch aus und rennt davon. Kurz darauf erscheint ein älterer Herr im Gebüsch.

»Warst du das, der geschrien hat, Junge? Was ist …?« Er verstummt, als er Bargel entdeckt. »Was … was zur Hölle …?« Er dreht sich zu Felix um. »Was ist denn das da für ein Ding?«

»Das … das ist bloß eine Puppe«, behauptet Felix und hofft, dass Bargel nicht ausgerechnet in diesem Moment zu sich kommt. »Ich habe sie gebastelt. Für, äh, eine Theateraufführung an unserer Schule. Ein Stück über Außerirdische.«

»Und warum schreist du dann um Hilfe?«

»Ich dachte, da wäre ein böser Mann hinter mir her«, improvisiert Felix. »Ich bin weggelaufen und mit meiner Puppe an einem Zweig hängen geblieben und da habe ich mich erschreckt und gerufen …«

Der Mann schaut skeptisch. »Na, mich hast du jedenfalls auch erschreckt. Komm her, Oskar!« Er bückt sich und befestigt eine Leine am Halsband des Hundes. »Und du, schaff lieber dieses Ding hier weg!« Er schüttelt den Kopf. »Außerirdische! Was die Kinder heute in der Schule für einen Unsinn lernen!«

Nachdem der Mann mit seinem Hund verschwunden ist, beugt sich Felix über den bewusstlosen Alien und zerrt an einem seiner Tentakel.

»Bargel! Bargel, wach auf!«

Ein Geräusch wie ein Stöhnen erklingt und die Tentakel beginnen zu zucken. Bargel rappelt sich auf.

»Au, das hat wehgetan«, stellt er fest. »Wer war das? Etwa dein Vater?«

»Nein, das war Dr. Moron, ein Wissenschaftler. Er glaubt, dass Außerirdische wie du unseren Planeten erobern wollen. Er wird bestimmt gleich zurückkommen. Schnell, wir müssen von hier abhauen!«

Bargel blickt sich um. »Mein Schlüssel!«, ruft er. »Wo ist mein Schlüssel?«

»Was für ein Schlüssel?«, fragt Felix.

»Der Portalschlüssel. Gerade hatte ich ihn noch!«

»So ein schwarzes längliches Ding?«

»Ja. Wo ist er?«

Felix macht ein betrübtes Gesicht. »Dr. Moron hat ihn. Heißt das, du kannst kein Quantenportal mehr öffnen?«

»Wie soll ich denn ohne Schlüssel ein Portal öffnen?

Wo ist dieser Doktor Mordor? Er muss mir den Schlüssel sofort wiedergeben!«

»Das wird er wohl kaum tun«, erwidert Felix. »Im Gegenteil, er wird gleich mit Verstärkung wiederkommen und dich mitnehmen. Sie wollen dich irgendwo einsperren und Experimente an dir durchführen, vermute ich.«

»Aber das dürfen die nicht! Ich bin ein freier Bürger der Galaxis!«

»Ich fürchte, das interessiert diese Typen nicht.«

»**Bei allen schwarzen Löchern!** Heißt das etwa, ich sitze auf diesem rückständigen Planeten fest, auf dem nicht einmal die Gesetze der Galaktischen Föderation gelten?«

»Sieht so aus«, stimmt Felix zu.

»Bitte, du musst mir helfen!«, fleht Bargel. »Wir müssen den Portalschlüssel wiederbeschaffen!«

»Erst mal müssen wir dich in Sicherheit bringen.«

BLASTING
Verteidigungssysteme

Das Versteck

Inzwischen hat es aufgehört zu regnen. Felix zieht seine Jacke aus und legt sie Bargel um.

»Mit diesem Ding über dem Kopf kann ich nichts sehen und nicht richtig hören«, beschwert sich der Alien.

»Das musst du auch gar nicht«, erwidert Felix. »Ich führe dich. Halt deine Tentakel dicht am Körper. Mit etwas Glück denken die Leute, du wärst ein Kind.«

Bargel grunzt missmutig, fügt sich aber. Felix legt einen Arm um ihn und schiebt ihn mit sich.

Doch wohin soll er den Außerirdischen bringen? Nach Hause? Nein, unmöglich. Wenn er versucht, ihn in seinem Zimmer zu verstecken, wird Mama ihn garantiert finden und dann ist die Hölle los.

Der einzige Ort, der ihm einfällt, ist der Turnhallenkeller in der Schule. Darin werden Sportgeräte und Matten gelagert, die nur selten in Gebrauch sind, und so gut wie nie geht jemand dorthin. Felix weiß das, weil er sich dort ein paarmal vor dem fiesen Mike in Sicherheit gebracht hat.

Aber erst einmal müssen sie unerkannt hinkommen. Sie huschen durchs Gebüsch zum Rand des Parks. Gerade als sie ihn erreichen, sieht Felix zwei große schwarze Autos heranrasen. Sie tragen das Logo einer Firma: einen altertümlichen Wappenschild mit drei Raketen darauf. Darunter steht: **Blasting Verteidigungssysteme**.

BLASTING
Verteidigungssysteme

Felix eilt mit Bargel auf einen Spielplatz in der Nähe. Sie verstecken sich in einem hölzernen Turm mit einer Leiter und einer Rutsche. Durch ein kleines Fenster beobachtet Felix, wie die Wagen mit quietschenden Reifen stoppen. Mehrere Männer in dunklen Uniformen steigen aus und rennen zu Dr. Moron, der am Straßenrand steht und ihnen zuwinkt. Sie reden miteinander, wobei der Wissenschaftler mit den Armen in der Luft herumfuchtelt und immer wieder in Richtung des Parks zeigt. Dann rennen sie dorthin.

»Los, schnell jetzt!«, flüstert Felix und zerrt Bargel aus dem Versteck.

Sie eilen an der Hauptstraße entlang. Felix rechnet jeden Moment damit, dass neben ihm ein Wagen anhält, Männer herausspringen und Bargel fortreißen. Doch es fahren nur gewöhnliche Autos an ihnen vorbei, ohne sie zu beachten.

Endlich erreichen sie die Schule. Jetzt, am frühen

Abend, ist das Schulgelände verlassen. Das Haupttor ist verschlossen, doch Felix kennt eine Stelle in der Nähe der Turnhalle, wo der Zaun ein Loch hat. Sie schlüpfen hindurch und steigen die Treppe hinab, die außen an der Turnhalle in den Keller führt.

Als Felix die Türklinke herunterdrückt, lässt sich die Tür nicht öffnen. Verflixt, abgeschlossen!

»Mist!«, ruft er aus.

»Was ist los?«, fragt Bargel.

»Ich wollte dich hier in diesem Kellerraum verstecken, aber die Tür ist verschlossen. Früher war der Keller immer offen.«

»Was ist denn das für ein Schloss?«, will Bargel wissen. »Nanokomposite mit elektrodynamischer 4-D-Multiplex-Verriegelung?«

»Äh, nein, ich glaube, das ist ein einfaches Schloss mit einem ganz normalen Schlüssel aus Eisen.«

»Mechanisch? Wie primitiv ist das denn?«

»Macht das denn einen Unterschied?«

»Na ja, wenn es Nanokomposite mit elektrodynamischer 4-D-Multiplex-Verriegelung wären, könnte ich es nicht öffnen«, erwidert Bargel. »Aber ein mechanisches Schloss … Lass mal sehen.«

Er streckt einen seiner Tentakel nach dem Schloss aus. Die Spitze wird so dünn wie ein Wurm, sodass er sie in das Schlüsselloch schieben kann. Kurz darauf macht es *Klick* und die Tür springt auf.

Erleichtert betreten Felix und sein Freund den Keller. Dort sieht es immer noch genauso aus, wie er es in Erinnerung hat: Ein Stapel alter Matten, ein Stufenbarren, Medizinbälle und andere Sportgeräte stehen herum. Pappkartons stapeln sich an den Wänden. Alles ist von einer dicken Staubschicht überzogen.

»Gemütlich!«, stellt Bargel fest.

»Hier kannst du erst mal bleiben«, sagt Felix. »Aber du musst dich still verhalten und darfst diesen Raum auf keinen Fall ohne mich verlassen! Ich werde versuchen, den Portalschlüssel wiederzubeschaffen.«

Allerdings hat er keine Ahnung, wie er dieses Versprechen einlösen soll.

»Und was soll ich essen?«, fragt Bargel. »Ich habe Hunger.«

»Was isst du denn so?«

»Am liebsten gebratene **Quollfroggs**«, erklärt Bargel. »**Zinjahalme** mit **Susam** wären auch okay oder **Osofosuppe**, wenn es sein muss.«

»Ich fürchte, so was gibt es hier auf der Erde nicht«, erwidert Felix. »Ich schaue mal, ob ich ein paar Sachen auftreiben kann. Ich bin bald zurück.«

Er eilt nach Hause, wobei er einen weiten Umweg macht und sich immer wieder vergewissert, dass ihm niemand folgt. Als er leise die Wohnung betritt, hört er Mama im Schlafzimmer schnarchen. Sehr gut!

Felix schleicht in die Küche und steckt ein paar

Dinge in eine Einkaufstasche: eine Tüte Milch, eine Flasche Mineralwasser, einen halben Laib Mischbrot, eine Dose Würstchen, ein Paket Reis und eine Packung Cornflakes. Im Vorratsschrank findet er eine angebrochene Schachtel Kekse und zwei Schokoriegel. Er weiß, dass er deswegen Ärger bekommen wird, denn die Süßigkeiten darf er nur nehmen, wenn er vorher um Erlaubnis gefragt hat. Aber Stress mit Mama ist wohl das geringste seiner Probleme. Schließlich packt er noch ein Glas Gewürzgurken ein.

Gerade als er die Wohnung wieder verlassen will, erklingt Mamas schläfrige Stimme aus dem Schlafzimmer: »Felix? Bist du das?«

»Ja. Ich muss noch mal los. Hab nur was vergessen. Das, äh, Mathebuch.«

»Aber spätestens um acht bist du zu Hause, hörst du?«

»Ja, Mama. Bis nachher.«

Felix tritt aus der Wohnung. Im Treppenhaus atmet er erst einmal tief durch, bevor er die Treppe hinabsteigt.

Gerade als er aus dem Haus gehen will, sieht er durch das Fenster neben der Haustür einen der beiden schwarzen Wagen vorfahren. Dr. Moron springt heraus. Verdammt!

Felix rennt die Treppe hinunter, die in den Waschkeller führt, und versteckt sich dort. Er hört den Türsummer, dann eilen schwere Schritte die Treppe hinauf.

»Sie schon wieder!«, erklingt Mamas Stimme aus dem zweiten Stock. »Was wollen Sie?«

»Ich muss dringend Ihren Sohn sprechen, Frau Krume.«

»Er ist nicht da.«

»Und wo ist er?«

»Bei einem Freund. Was geht Sie das überhaupt an? Was wollen Sie von ihm?«

»Ihr Sohn ist in großer Gefahr!«

Felix zuckt zusammen.

»In was für einer Gefahr?«, fragt Mama.

»Das kann ich Ihnen nicht sagen. Aber ich muss dringend mit ihm reden!«

Mamas Stimme klingt zornig. »Ich sagte Ihnen schon, er ist nicht da. Und wenn Sie nicht sofort verschwinden oder uns noch einmal belästigen, rufe ich die Polizei!«

»Sie machen einen großen Fehler, Frau Krume! Es ist wirklich wichtig! Felix könnte der Schlüssel für das Überleben der Menschheit sein …«

»Es reicht jetzt! Verschwinden Sie endlich, Sie durchgeknallter Irrer!«

Die Tür kracht zu. Kurz darauf stapft Dr. Moron wieder die Stufen herunter. Felix wartet, bis er den

Wagen wegfahren hört. Dann schleicht er sich die Treppe hinauf und blickt hinaus. Die Luft scheint rein zu sein.

Trotzdem lässt er besondere Vorsicht walten und sieht sich immer wieder nach möglichen Verfolgern um. Er will nicht riskieren, dass Dr. Moron ihm noch einmal folgt.

Als er schließlich den Turnhallenkeller erreicht, wird er von Bargel schon ungeduldig erwartet.

»Da bist du ja endlich! Ich wäre fast verhungert!«

Felix, der sich nicht sicher ist, wie oft Tentakelschweine Nahrung zu sich nehmen müssen, fragt sicherheitshalber nach: »Das meinst du nicht ernst, oder?«

»Doch! Zeig mal, was hast du mir da mitgebracht?«

Felix hält ihm die Tüte hin. Bargel steckt seine Tentakel hinein und angelt die Packungen heraus.

Er stopft sich die Schachtel Cornflakes in seinen breiten Mund, kaut darauf herum und spuckt sie wieder aus.

»Igitt, das ist aber zäh!«

»Du kannst doch nicht die Packung mitessen!«, meint Felix.

»Ihr packt euer Essen ein? In Sachen, die man nicht mitessen kann? Wie rückständig ist das denn?«

»Hier, probier das mal!« Felix macht einen Schokoriegel auf und hält ihn Bargel hin. »Das ist meine Lieblingssorte.«

Das Tentakelschwein nimmt den Riegel und schnüffelt daran.

»Igitt!«, ruft es aus. »Ist da etwa Zucker drin?«

»Äh, ja«, antwortet Felix verwirrt.

»Und so was esst ihr?«, fragt Bargel.

»Ja«, gibt Felix zu. »Wenn du Süßes nicht magst, wie wäre es dann mit Würstchen?«

Er hält die Dose hoch.

»Was ist das?«, fragt Bargel und betrachtet die Dose skeptisch. »Sind das Pflanzenstängel? Oder Wurzeln?«

»Nein. Die sind aus Fleisch.«

»Du meinst Fleisch von Tieren?«

»Genau. Schweinefleisch.«

»Ihr esst Tiere?«, ruft Bargel. »Und ich … ich dachte, du wärst nett!«

Felix weiß nicht so recht, was er darauf antworten soll. Er mag nun mal gerne Würstchen und hat noch nie darüber nachgedacht, woher sie eigentlich kommen. Auf einmal hat er ein schlechtes Gewissen.

»Hast du noch was anderes?«, fragt Bargel.

»Hier, das sind Samenkörner einer Pflanze, glaube ich jedenfalls«, sagt Felix und hält ihm den Reis hin.

Bargel reißt die Packung auf, sodass der halbe Reis auf den Boden rieselt, und schüttet sich den Rest in den Mund. Er kaut darauf herum.

»Ziemlich trocken und fade«, meckert er.

»Normalerweise kochen wir den, bevor wir ihn essen«, erklärt Felix.

»Und was ist das da?«, will Bargel wissen und deutet auf das Gurkenglas.

»Das sind Gewürzgurken. Mir schmecken sie nicht besonders, aber Mama isst sie gerne.«

Felix schraubt das Glas auf und reicht es Bargel.

»Die sehen aus wie grüne Maden«, stellt der Alien fest.

»Nein, das ist von Pflanzen.«

Zögernd streckt Bargel einen Tentakel aus, tunkt ihn in das Glas und führt ihn zum Mund. Seine Stielaugen scheinen größer zu werden. Er angelt eine Gurke aus dem Glas und verschlingt sie in einem Bissen.

Plötzlich wird er ganz still, während seine Antennen heftig zu wedeln beginnen und seine Tentakel hin und her zucken.

Felix erschrickt. »Bargel?«, ruft er. »Bargel, geht es dir gut?«

Anstatt zu antworten, reißt der Alien Felix das Gurkenglas aus der Hand und schüttet den ganzen Inhalt auf einmal in seinen Mund.

»Was ist?«, fragt Felix. »Magst du die etwa?«

»Das … das ist das Köstlichste, das ich je gegessen habe!«, verkündet Bargel. »Dieser Planet mag ja in jeder Hinsicht rückständig sein, doch diese … Wie hast du sie genannt? Diese Gürzwurken … die sind einfach fantastisch!«

»Äh, freut mich, dass sie dir schmecken.«

»Besorg mir noch mehr davon!«, fordert Bargel.

»Später«, erwidert Felix. »Ich muss jetzt nach Hause gehen. Morgen früh komme ich wieder her und sehe nach dir.«

»Aber vergiss die Gürzwurken nicht!«

Gürzwurken

In dieser Nacht kann Felix kaum schlafen. Immer wieder muss er daran denken, dass Bargel ganz allein im Turnhallenkeller hockt. Wie würde er sich wohl fühlen, wenn er auf einem fremden Planeten gestrandet wäre? Sicher wäre er sehr einsam und traurig.

Wenigstens ist Bargel dem fiesen Dr. Moron entwischt. Aber was, wenn der ihn doch noch findet? Oder wenn jemand anderes den Alien im Turnhallenkeller entdeckt? Was, wenn ausgerechnet morgen dem Sportlehrer einfällt, die Medizinbälle zu holen?

Am nächsten Morgen ist Felix so aufgeregt, dass er es kaum erwarten kann, in die Schule zu gehen.

»Guten Morgen«, sagt Mama, als er in die Küche kommt. »Hach, ich habe herrlich geschlafen. Mir geht es schon viel besser. Allerdings hatte ich einen seltsamen Traum. Stell dir vor, ich habe geträumt, dass dieser verrückte Wissenschaftler wieder vor der Tür stand und dich sprechen wollte. Es fühlte sich richtig echt an.«

»Wirklich?«, fragt Felix.

»Ja. Auf jeden Fall ist es gut, dass ich mir mal eine Auszeit gönne. Ich hab bereits im Krankenhaus angerufen und mir die Woche freigenommen.«

»Äh, schön. Ach übrigens, könnte ich vielleicht mein Taschengeld für den nächsten Monat schon bekommen?«

»Im Voraus? Warum denn das?«

»Ich, äh … hab kein Geld mehr.«

Mama runzelt die Stirn, doch dann lächelt sie. »Verstehe. Na schön. Aber gib nicht alles auf einmal aus.«

Sie holt ihr Portemonnaie hervor und drückt Felix etwas Geld in die Hand.

Nach dem Frühstück putzt Felix sich die Zähne und greift nach seinem Schulranzen. Als er die Wohnung verlassen will, fällt sein Blick auf die Kommode neben dem Eingang. Dort steht eine Schale, in der Postkarten, Einkaufsquittungen und andere Papierschnipsel liegen. Dazwischen entdeckt er die Visitenkarte mit dem Auge darauf, die Dr. Moron Mama bei seinem ersten Besuch gegeben hat. Als sie sich gerade umdreht, um Felix' Regenjacke vom Haken zu nehmen, schnappt er sich schnell die Karte und steckt sie ein. Dann greift er nach der Jacke und verabschiedet sich von Mama.

Auf dem Weg zur Schule macht Felix einen kleinen

Umweg und kauft im Supermarkt fünf Gläser mit Gewürzgurken für Bargel. Doch wie soll er sie ihm bringen? In der Pause sind zu viele Schüler auf dem Hof. Auch wenn die Turnhalle etwas abseits liegt, könnte ihn jemand dabei beobachten, wie er dorthin geht. Auf einmal erscheint es ihm keine gute Idee mehr, dass er Bargel auf dem Schulgelände versteckt hat. Andererseits, wohin hätte er ihn sonst bringen sollen?

Die ersten beiden Stunden haben sie Mathe. Während des Unterrichts meldet Felix sich und bittet darum, auf die Toilette gehen zu dürfen. Auf dem Flur eilt er zu seinem Spind und holt die Tüte mit den Gurkengläsern heraus, die er zuvor dort eingeschlossen hat. Dann schleicht er sich aus dem Schulgebäude und rennt zur Turnhalle.

Als er den Keller betritt, liegt Bargel auf dem Stapel alter Turnmatten. Er macht ein Geräusch, das sich wie ein Stöhnen anhört.

»Guten Morgen, Bargel«, sagt Felix fröhlich. »Ich hab dir was zu essen mitgebracht.«

»Doch nicht etwa Gürzwurken?«, fragt der Alien. Es klingt nicht gerade begeistert.

»Du mochtest sie doch so gerne.«

»Ja, aber ich habe davon Bauchschmerzen gekriegt. Ich konnte kaum schlafen. Hast du nicht was anderes?«

Felix seufzt und stellt die Tüte mit den Gurkengläsern ab.

»Leider nicht.«

»Ich … ich will wieder nach Hause«, jammert Bargel. »Dieser Planet ist doof.«

»Ist er nicht«, widerspricht Felix. »Jedenfalls nicht für uns Menschen. Aber ich kann verstehen, dass du wieder nach Hause möchtest. Das Dumme ist nur, ich habe keine Ahnung, wie ich den Portalschlüssel zurückbekommen soll.«

Bargel packt Felix mit seinen Tentakeln und zieht ihn zu sich, sodass seine Stielaugen ganz dicht vor Felix' Gesicht sind.

»Bitte!«, fleht er. »Du musst ihn holen! Ich … ich will nicht für immer hierbleiben!«

»Kannst du nicht irgendjemanden auf deinem Heimatplaneten zu Hilfe rufen?«, fragt Felix.

»Wenn die rauskriegen, dass ich einen Portalschlüssel verloren habe, noch dazu auf einem Planeten mit rückständiger Technologie, dessen Bewohner nicht einmal von der Galaktischen Föderation gehört haben, kriege ich einen Riesenärger. Dann darf ich wahrscheinlich nie wieder an den *Galactic Games* teilnehmen.«

Felix gefällt es nicht, wie Bargel über die Erde redet. So, als wären die Menschen irgendwelche primitiven Urwaldbewohner. Andererseits sind sie das wohl tatsächlich, jedenfalls im Vergleich zu den fortschrittlicheren Lebewesen in der Galaxis.

»Also schön, ich werde es versuchen«, sagt er. »Aber jetzt muss ich erst mal zurück in den Unterricht. Sonst bekomme *ich* Ärger. Bis später!«

»Ja, aber beeil dich. Mir geht es nicht so gut.«

»Okay.«

Besorgt verlässt Felix den Turnhallenkeller und eilt zurück zum Schulgebäude. Als er es betritt, läuft er dem Direktor in die Arme, der in diesem Moment sein Büro verlässt.

»Was machst du denn hier?«, fragt er mit strenger Stimme. »Wieso bist du nicht im Unterricht?«

»Mir … mir war schlecht«, lügt Felix. »Ich … wollte nur etwas frische Luft schnappen.«

»Hm. Du siehst wirklich etwas blass aus. Na schön, aber jetzt schnell wieder in die Klasse!«

»Ja, Herr Direktor.«

Als er in die Klasse zurückkommt, blickt ihn die Mathelehrerin mit hochgezogener Augenbraue an, so, als wundere sie sich, warum das so lange gedauert hat. Doch sie sagt nichts und Felix setzt sich rasch wieder.

Den Rest der Stunde hört er kaum zu. Immerzu muss er an Bargel denken, der stöhnend auf den Turnmatten liegt. Was, wenn Gurken für Tentakelschweine giftig sind? Was, wenn er stirbt und Felix daran schuld ist?

In der großen Pause würde er am liebsten gleich wieder zum Turnhallenkeller laufen, doch das würde auffallen. Jedenfalls, wenn er direkt dorthin geht. Aber es gibt ja noch einen anderen Weg: durch das Schultor, außen um die Schule herum und durch den Schlitz im Zaun zur Turnhalle. Allerdings ist es den Schülern strengstens verboten, während der Schulzeit das Gelände zu verlassen. Nicht alle halten sich daran, doch noch mehr Ärger kann Felix gerade echt nicht gebrauchen. Trotzdem ist er bereit, das Risiko einzugehen.

Nur wie er das eigentliche Problem lösen und den Portalschlüssel wiederbeschaffen soll, weiß er immer noch nicht. Auf der Visitenkarte von Dr. Moron ist zwar eine Adresse angegeben, aber die nützt ihm nicht viel. Schließlich ist Felix kein Einbrecher und selbst wenn er irgendwie unerkannt in Dr. Morons Büro gelangen könnte, würde ein außerirdisches Objekt dort bestimmt nicht einfach so ungeschützt herumliegen. Und freiwillig wird der Wissenschaftler den Gegenstand niemals herausrücken, da ist sich Felix sicher.

Er seufzt und geht in Richtung des Schultors. Als er sich umblickt, um zu prüfen, ob gerade ein Lehrer in seine Richtung guckt, entdeckt er Dilara, die ihm zuwinkt. Mist! Er freut sich zwar, sie zu sehen, aber gerade wäre er lieber allein.

Sie kommt lächelnd auf ihn zu.

»Hallo, Felix. Da bist du ja. Ich hab dich schon überall gesucht.«

»Ich, äh, wollte gerade gehen«, erwidert er.

Sie runzelt die Stirn. »Gehen? Wohin denn?«

»Nach Hause. Mir ist … schlecht.«

Felix wird rot. Es ist schon schlimm genug, Lehrer anzulügen, und noch schlimmer, wenn er Mama nicht die Wahrheit sagt. Aber Dilara zu belügen fühlt sich am allerschlimmsten an.

»Das tut mir leid«, sagt sie. »Na, dann gute Besserung. Bis morgen hoffentlich.«

»Danke. Bis morgen!«

Felix sieht ihr nach, wie sie in Richtung des Hauptgebäudes geht, dann schleicht er sich rasch durch das Tor, umrundet das Schulgelände im Sichtschutz der Mauer, die den Hof umgibt, und schlüpft schließlich durch den Schlitz im Zaun.

Als er den Turnhallenkeller betritt, liegt Bargel immer noch auf den Matten und stöhnt noch lauter als vorhin. Felix erschrickt, doch dann sieht er die fünf Gurkengläser auf dem Boden. Sie sind alle geöffnet – und leer!

»Oh … mein Bauch!«, jammert Bargel. »Warum hast du bloß diese Gürzwurken mitgebracht?«

»Hast du die etwa alle aufgegessen?«, fragt Felix fassungslos.

»Natürlich!«, ächzt Bargel. »Was hätte ich denn sonst damit machen sollen?«

Felix schüttelt den Kopf. »Wieso isst du sie, wenn du davon Bauchschmerzen bekommst?«

»Weil sie so gut schmecken«, gibt Bargel zurück, als würde das alles erklären.

Tentakelschweine scheinen nicht gut darin zu sein, sich bei leckerem Essen zurückzuhalten. Andererseits essen auch viele Erdenbewohner Sachen, die nicht gut für sie sind – Felix selbst eingeschlossen. Doch was nun? Wie kann er seinem Freund helfen?

»Hier, trink etwas«, sagt er und hält Bargel die Flasche Mineralwasser hin.

Der Alien setzt die Flasche an und leert sie in einem Zug. Dann stößt er ein Geräusch aus, das eindeutig wie ein menschlicher Rülpser klingt, nur mindestens

zehnmal so laut. Felix befürchtet, dass man das auf dem ganzen Schulhof gehört hat.

»Ah, jetzt geht es mir schon besser«, meint Bargel. »Kannst du mir noch ein paar Gläser Gürzwurken besorgen?«

Felix rollt mit den Augen. »Ganz sicher nicht! Ich muss jetzt wieder zum Unterricht. Ich komme später zurück.«

Er schlüpft wieder durch den Zaun, umrundet das Schulgelände und gelangt auf den Schulhof, gerade als die Glocke zum Ende der Pause läutet.

Während er ins Schulgebäude geht, bemerkt er nicht, dass er von neugierigen Augen beobachtet wird.

Lügen

Die nächste Pause ist zu kurz, um sich wieder zu Bargel zu schleichen. Stattdessen verkrümelt sich Felix auf die Toilette. Diesmal versteckt er sich nicht vor dem fiesen Mike, sondern vor Dilara. Wenn sie mitbekommt, dass er sie angelogen hat und immer noch in der Schule ist, redet sie bestimmt nie wieder ein Wort mit ihm.

Er schafft es zurück in den Klassenraum, ohne ihr zu begegnen. Doch zwei Schulstunden später ist Mittagspause. Felix hat Hunger, aber er kann unmöglich in die Kantine gehen, ohne zu riskieren, dort Dilara über den Weg zu laufen. Zum Glück sind im Turnhallenkeller noch die Reste der Lebensmittel, die er Bargel mitgebracht hat. Also geduldet er sich, bis die meisten Schüler beim Essen sind, und schleicht sich aus dem Gebäude.

Er erreicht den Turnhallenkeller unbemerkt. Bargel wartet schon ungeduldig auf ihn.

»Hast du den Portalschlüssel?«, fragt der Alien.

»Was? Nein.«

»Dann geh und hol ihn!«

»Ich weiß nicht, wie! Ich kann schließlich nicht einfach zu diesem Dr. Moron gehen und ihm den Portalschlüssel wegnehmen!«

»Warum nicht?«

»Weil … weil er ein Erwachsener ist und außerdem solche Typen in dunklen Uniformen bei sich hat, die wahrscheinlich bewaffnet sind.«

»Wie jetzt? Du bist Mitglied eines der besten Teams der *Galactic Games* und kannst nicht mal einen Portalschlüssel wiederbeschaffen? Ich dachte, du wärst schlau!«

»Wir sind nicht bei den *Galactic Games*, Bargel. Hier gibt es keine Schiedstöter, die auf die Einhaltung irgendwelcher Regeln achten. Und glaub mir, Typen wie dieser Dr. Moron sind noch schlimmer als Zyrra und ihre Unbesiegbaren Helden.«

»Kannst du dir nicht Hilfe holen? Das dürfen wir bei den *Galactic Games* zwar nicht, aber wie du schon gesagt hast, sind das hier nicht die *Games*.«

Felix seufzt. »Ich wüsste nicht, wen ich um Hilfe bitten könnte. Schließlich kann ich nicht zur Polizei gehen und sagen: ›Dr. Moron hat meinem Alienfreund ein außerirdisches Objekt geklaut.‹«

»Warum nicht?«

»Weil die Menschen nicht glauben, dass es

Außerirdische gibt, jedenfalls nicht hier, auf der Erde.«

»Du könntest mich mitnehmen«, schlägt Bargel vor. »Dann hättest du den Beweis.«

»Wenn ich das täte, würden sie dich in irgendein Labor sperren und du kämst nie mehr hier weg.«

»Sind denn wirklich alle Menschen so schlimm wie der Typ, der den Elektroschocker auf mich abgeschossen hat?«

»Alle nicht, aber es gibt noch mehr von seiner Sorte. Kannst du denn nicht Hilfe herbeirufen? Lysia vielleicht?«

Bargel macht ein schnaubendes Geräusch. »Lysia hat keinen Portalschlüssel. Als sie letztes Mal hierherkam, hatte ich ihr meinen geliehen. Also genau genommen gehört er auch nicht mir, sondern unserem Familienclan. Wie gesagt kriege ich einen Riesenärger, wenn rauskommt, dass ich ihn verloren habe. Wahrscheinlich werde ich aus unserem Clan verbannt. Dann kann ich nie mehr nach Hause. Wir müssen es irgendwie anders schaffen. Wir müssen einfach!«

Sie grübeln eine Weile, während Felix die Packung Kekse und einen Schokoriegel isst, doch ihnen fällt nichts ein. Schließlich ist die Mittagspause vorbei und Felix muss zurück zum Unterricht.

Als er gerade das Klassenzimmer betreten will, hört er eine Stimme hinter sich: »Ich dachte, du wärst krank!«

Er dreht sich um und blickt erschrocken in Dilaras zorniges Gesicht. Er spürt, wie er knallrot anläuft.

»Ich … äh … mir geht es wieder besser.«

»Ach ja? Das ist ja schön!«, meint sie sarkastisch und verschwindet in ihrer Klasse.

Als der Nachmittagsunterricht zu Ende ist, trifft Felix Dilara am Schultor.

»Wenn du nichts mehr mit mir zu tun haben willst, musst du es nur sagen!«, blafft sie ihn an. »Doch lüg mich nie wieder an!«

»Was? Aber … aber so ist es gar nicht!«, stammelt Felix. »Bitte glaub mir!«

»So? Wie ist es denn dann?«

»Das … das kann ich dir nicht sagen …«

»Und wieso nicht? Glaubst du, ich kann die Wahrheit nicht vertragen?«

Felix wird klar, dass ihm Dilara niemals verzeihen wird, wenn er ihr jetzt wieder irgendeine Lüge auftischt. Und einfach zu schweigen kommt auch nicht infrage.

»Also schön«, seufzt er. »Aber du musst mir schwören, dass du es niemandem erzählst.«

»Was soll ich niemandem erzählen?«

»Schwöre es zuerst!«

»Na gut, ich schwöre, dass ich nichts erzählen werde. Was ist nun dein großes Geheimnis?«

»Ich habe im Turnhallenkeller einen Außerirdischen versteckt.«

Dilara reißt die Augen auf. »Was?«

»Er sieht aus wie ein grün gepunktetes Schwein mit Tentakeln, Stielaugen und Fächern anstelle von Ohren. Er ist der Anführer von Team Tentakelfaust und ich bin eines der Teammitglieder. Zusammen machen wir bei den *Galactic Games* mit. Das ist so ähnlich wie ein Videospiel, nur, dass es real ist. Na ja, nicht ganz real, in Wirklichkeit ist nämlich das ganze Universum nur eine Computersimulation, die von den Schöpfern entwickelt wurde.«

Dilaras Augen füllen sich mit Tränen. »Warum … warum tust du das?«, schluchzt sie. »Habe ich dir irgendwas getan?«

»Warum tue ich was?«, fragt Felix verwirrt.

»Warum erzählst du mir diesen Schwachsinn? Willst du dich über mich lustig machen, oder was? Ich dachte, du wärst nicht so wie Mike und diese anderen Fieslinge, aber ich habe mich wohl getäuscht.«

Sie wendet sich ab und verlässt den Schulhof.

Felix läuft ihr nach und fasst sie am Arm.

»Das ist kein Schwachsinn, ehrlich!«

Sie dreht sich zu ihm um. Ihre Wangen sind tränennass, die Augen schmal. »Ach nein?«

»Komm mit! Ich werde es dir beweisen!«

»Du spinnst doch!«

»Bitte, Dilara, vertrau mir! Ich lüge dich nicht an! Da ist wirklich ein Alien im Turnhallenkeller!«

Dilara schüttelt bloß den Kopf, doch als Felix sie an der Hand nimmt und mit sich zieht, folgt sie ihm zögernd. Sie umrunden das Schulgelände und schlüpfen durch den Schlitz im Zaun.

Als Felix die Tür zum Turnhallenkeller öffnet, bekommt er einen Riesenschreck: Von Bargel ist keine Spur zu sehen!

»Und wo ist er jetzt, dein Außerirdischer?«, will Dilara wissen.

Anstatt zu antworten, ruft Felix: »Bargel! Bargel, wo bist du?«

»Bargel?«, fragt Dilara. »Echt jetzt?«

»Verdammt!«, schimpft Felix. »Er muss den Raum verlassen haben, obwohl ich ihm klar gesagt habe, dass er hierbleiben soll. Es sei denn …«

Ein schrecklicher Verdacht keimt in ihm auf.

»Hast du echt gedacht, ich kaufe dir diesen Blödsinn ab?«, fragt Dilara.

»Das ist kein Blödsinn!«, ruft Felix. »Sieh doch, diese Lebensmittel habe ich ihm gebracht, aber das Einzige, was er mochte, waren Gewürzgurken. ›Gürzwurken‹ hat er sie genannt. Er hat Bauchschmerzen davon bekommen, doch trotzdem fünf Gläser auf einmal gefuttert.«

Felix deutet auf die leeren Gläser am Boden.

»Und du denkst, das ist ein Beweis?«, fragt Dilara.

»Nein, aber vorhin in der Mittagspause war er noch hier, ehrlich. Wir müssen ihn finden, bevor Dr. Moron ihn in die Finger kriegt. Wenn es dafür nicht schon zu spät ist!«

»Du bist wirklich der durchgeknallteste Spinner, den ich je getroffen habe, Felix«, sagt Dilara. »Ich gehe jetzt nach Hause. Auf Wiedersehen!«

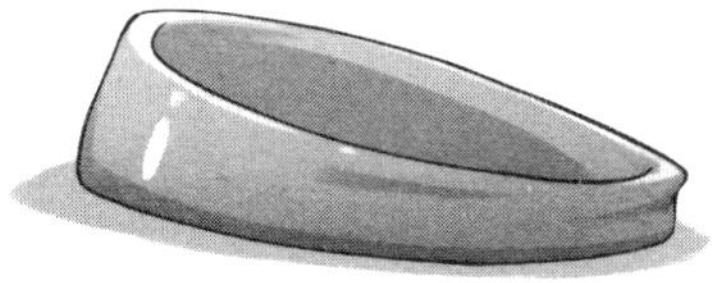

Kommunikatoren

Nachdem Dilara gegangen ist, holt Felix das Stirnband hervor und legt es um.

»Bargel?«, ruft er. »Bargel, hörst du mich?«

Doch er erhält keine Antwort.

Fieberhaft durchsucht er jeden Winkel des Turnhallenkellers, dann die Umgebung, aber von dem Alien fehlt jede Spur. Vielleicht, versucht er, sich zu beruhigen, hat Bargel doch Hilfe herbeigerufen und seine Artgenossen haben ein weiteres Quantenportal geöffnet und ihn abgeholt.

Er ahnt jedoch, dass das nicht stimmt. Dr. Moron muss Bargel gefunden haben. Aber wie? Hat er Felix heimlich überwacht?

Da fällt ihm Stefan ein. Der Fiesling könnte gesehen haben, wie Felix in der Pause zum Turnhallenkeller geschlichen ist, und Dr. Moron informiert haben. So ein Idiot!

Bedrückt macht Felix sich auf den Heimweg. Was für ein Katastrophentag! Nicht nur, dass sein bester Alienfreund höchstwahrscheinlich von einem irren Wissenschaftler entführt wurde, er hat auch noch das einzige Mädchen in der Schule vergrault, das ihn mochte!

Als er nach Hause kommt, merkt Mama gleich, dass etwas nicht stimmt.

»Was ist denn los?«, erkundigt sie sich. »Machst du dir Sorgen wegen des Stirnbands?«

»Wegen welches Stirnbands?«, erwidert Felix.

Doch dann hellt sich seine Miene auf. »Das Stirnband! Natürlich, das ist es!«

»Was?«, fragt Mama.

»Wo ist das zweite Stirnband, das Tante Beate geschickt hat?«

»Warum willst du das wissen?«

»Ich brauche es! Dringend!«

»Felix, das Stirnband gehört Ariana! Ich werde es ihr selbstverständlich zurückschicken und Tante Beate den Preis dafür erstatten.«

Erschrocken starrt Felix sie an. Das darf er auf keinen Fall zulassen! Aber wie soll er seine Mutter dazu bringen, es ihm zu geben? Er braucht jetzt ganz schnell eine wirklich überzeugende Geschichte …

Da fällt ihm wieder ein, was er dem Mann mit dem kleinen Hund im Park erzählt hat.

»Das Stirnband gehört nicht Ariana«, behauptet er. »Wir führen in der Schule ein Theaterstück auf. Es heißt *Die Elfenprinzessin.* Darin kommen mehrere Elfenprinzessinnen vor, aber nur eine ist die echte. Sie tragen alle goldene Stirnbänder. Dilara, das Mädchen, das neulich hier war, spielt mit. Sie hatte ihr Stirnband verloren und ich hab es gefunden und wollte es ihr zurückgeben, doch Ariana hat es mir weggenommen. Da … also, da hab ich einem anderen Mädchen das Stirnband weggenommen, um es Dilara zu geben. Und jetzt, wo das andere wieder da ist, muss ich den beiden ihre Stirnbänder zurückbringen. Logisch, oder?«

Mama blickt skeptisch, nickt dann jedoch. Felix gratuliert sich selbst zu seiner Fantasie. Vielleicht sollte er später mal Schriftsteller werden.

»Na schön«, sagt Mama. »Aber mach solchen Unsinn nie wieder, hörst du? Ich kann ja verstehen, dass du diese Dilara magst, doch du kannst nicht einfach einem anderen Mädchen etwas wegnehmen, um ihr eine Freude zu bereiten. Das ist dir wohl hoffentlich klar?«

Felix setzt eine schuldbewusste Miene auf und nickt. »Ja, Mama.«

Nachdem sie ihm das zweite Stirnband gegeben hat, legt er es um die Stirn, zieht eine Cap verkehrt herum darüber und macht sich auf den Weg. Dilaras Adresse hat er von der Klassenliste, die im Flur in seiner Wohnung an der Pinnwand hängt. Zum Glück wohnt sie nicht weit weg.

Als er an der Wohnungstür klingelt, klopft sein Herz wie wild. Dilaras Mutter bittet ihn herein und führt ihn in das Zimmer, das Dilara zusammen mit ihrer jüngeren Schwester bewohnt. Sie sitzt gerade am Schreibtisch und macht Hausaufgaben.

»Was willst du denn hier?«, fragt Dilara. »Bist du gekommen, um mir noch mehr absurde Geschichten zu erzählen?«

»Äh, ja, gewissermaßen«, sagt Felix.

Er holt das zweite Stirnband hervor und reicht es ihr.

»Das ist ein Kommunikator«, erklärt er. »Damit kann man die Sprache von Außerirdischen verstehen. Man kann sogar mit ihnen reden, selbst wenn sie auf einem fernen Planeten sind.«

»Mit einem goldenen Stirnband!« Dilara tippt sich an die Stirn, nimmt ihm dann jedoch den Kommunikator aus der Hand. »Das ist hübsch. Ist das für mich?«

»Ja. Zumindest, äh, leihweise.«

Sie runzelt die Stirn. »Leihweise? Du meinst, wenn wir keine Freunde mehr sind, muss ich es dir zurückgeben? Was ist das denn für ein Geschenk?« Doch dann lächelt sie. »Weißt du, dass du ziemlich seltsam bist, Felix? Aber von mir aus. Entschuldigung angenommen.«

»Setz es auf!«, bittet Felix. Er nimmt kurz die Mütze ab, um ihr das Stirnband darunter zu zeigen.

»Du hast noch so eins?«, fragt Dilara ungläubig. »Und du trägst es selbst?«

»Ich sagte doch schon, das ist ein Kommunikator. Setz ihn auf!«

»Na schön.« Sie legt ihren Kommunikator um die Stirn.

»Kannst du mich hören?«, will Felix wissen.

»Natürlich kann ich dich hören. Du stehst direkt vor mir.«

»Ach so, ja. Warte.«

Felix verlässt die Wohnung.

»Ich bin jetzt in eurem Treppenhaus. Hörst du mich immer noch?«

»Ja«, ertönt Dilaras Stimme in seinem Kopf. »Das … ist cool. Ist das von Apple?«

»Felix?«, erklingt in diesem Moment eine zweite Stimme. »Felix, hörst du mich? Hier ist Lysia.«

»Wer ist das denn jetzt?«, fragt Dilara.

»Lysia!«, ruft Felix. »Gott sei Dank! Bargel ist verschwunden.«

»Verschwunden? Was soll das heißen?«

»Er hat ein Quantenportal geöffnet, um mich abzuholen«, erklärt Felix. »Doch dann wurde er mit einem Elektroschocker angegriffen und Dr. Moron – das ist so ein durchgeknallter Wissenschaftler – hat den Portalschlüssel geklaut.«

»Oje!«, erwidert Lysia. »Wo ist Bargel jetzt?«

»Das weiß ich nicht genau. Ich hatte ihn im Turnhallenkeller unserer Schule versteckt, aber da ist er nicht mehr. Ich fürchte, Dr. Moron hat ihn entführt.«

»Deshalb erreiche ich ihn nicht! Du musst ihn unbedingt befreien!«

»Was … was passiert hier?«, schaltet sich Dilara ein. »Ist das ein Spiel oder so?«

»Wer ist das?«, fragt Lysia.

»Dilara«, erwidert Felix. »Eine Freundin von mir.«

»Eine Bewohnerin deines Heimatplaneten?«

»Ja.«

»Und du hast ihr einen *Kommunikator* gegeben? Einfach so?«, fragt Lysia erschrocken.

»Äh, ja«, antwortet Felix.

»Felix, die Kommunikatoren sind nur für unser Team bestimmt! Du kannst sie nicht irgendwelchen Fremden geben!«

»Ich weiß. Aber Dilara ist nicht irgendeine Fremde. Sie … kann mir vielleicht helfen, Bargel zu befreien.«

»Verstehe.« Lysia klingt nicht überzeugt.

»Und du?«, fragt Dilara. »Wer bist du?«

»Mein Name ist Lysia. Ich bin wie Felix ein Mitglied von Team Tentakelfaust bei den *Galactic Games.*«

»Lysia ist eine Außerirdische«, erklärt Felix. »Sie kann ihre Gestalt verändern.«

»Okay, alles klar«, erwidert Dilara. »Das hier ist so eine Art Rollenspiel, ja?«

»Nein«, erwidert Felix. »Lysia ist wirklich eine Außerirdische.«

Die Wohnungstür geht auf und Dilara erscheint.

»Na schön, ich spiele das Spiel mit«, sagt sie. »Aber ich möchte diese Lysia persönlich kennenlernen.«

»Ich weiß nicht, ob das möglich ist«, meint Felix. »Lysia, kannst du herkommen und mir helfen, Bargel zu finden und zu befreien?«

»Das geht leider nicht«, erwidert sie. »Ich habe weder einen Portalschlüssel noch einen Lokator. Ich fürchte, du wirst ihn ohne mich retten müssen. Falls du Fragen hast, bin ich für dich da.«

»Gut, danke. Ich melde mich wieder.«

Felix nimmt die Cap ab und tippt sich an die Stirn. »Glaubst du mir jetzt?«, fragt er. »Das hier ist Alientechnologie!«

»Felix, hör auf mit dem Unsinn! Ich spiele gerne Rollenspiele, doch man darf sich da nicht zu sehr reinsteigern. Diese Stirnbänder sind wirklich cool, aber das heißt noch lange nicht …«

Felix wirft frustriert die Arme in die Luft. »Glaub doch, was du willst!«

»Hey, jetzt werd nicht sauer! Ich mache ja mit bei eurem Spiel. Das möchtest du doch, oder?«

Felix seufzt. »Na ja, du könntest mir wirklich helfen, Bargel zu befreien.«

»Okay. Und was müssen wir dafür tun?«

»Ich bin nicht sicher, aber ich schätze, wir müssen diesem Dr. Moron einen Besuch abstatten.«

Allein hätte sich Felix kaum getraut, den Wissenschaftler aufzusuchen. Doch gemeinsam mit Dilara fühlt er sich stärker, ohne dass er genau weiß, warum.

»Und wo ist der?«

Felix holt die Visitenkarte hervor und zeigt sie Dilara.

»Hier, die hat er meiner Mutter gegeben.«

»Auf der Rückseite steht eine Adresse. Meinst du, dein Freund ist dort?«

»Kann sein. Du hast nicht zufällig ein Smartphone?«

»Ich? Nein. Aber mein Bruder hat eins. Diese Stirnbänder sind ja schon cool, doch ein Smartphone ist immer noch besser. Da kann man sich coole Spiele-Apps runterladen, Fotos machen und so.«

»Mit einem Smartphone kann man aber nicht quer durch die ganze Galaxis telefonieren«, grummelt Felix.

Dilara öffnet die Wohnungstür und führt ihn in ein anderes Zimmer. Ein älterer Junge sitzt an einem Schreibtisch und tippt auf einem Laptop.

»Das ist mein Bruder Amir«, stellt Dilara ihn vor. »Amir, das ist Felix. Er geht in meine Parallelklasse.«

»Hi«, sagt Amir. Er ist mindestens 15 und ziemlich muskulös. »Was ist denn? Ich schreibe morgen eine Klausur und muss noch lernen.«

»Können wir mal kurz dein Handy haben?«, fragt Dilara.

»Mein Handy? Wozu?«

»Wir müssen eine Adresse googeln.«

»Das können wir auch hier am Laptop machen. Wie lautet die Adresse?«

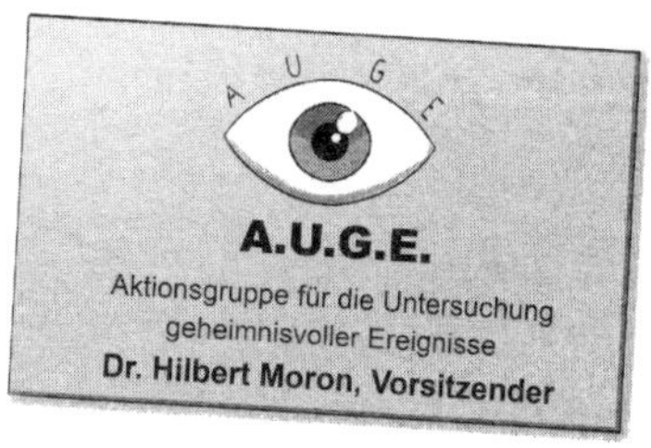

Felix gibt ihm die Visitenkarte.

»*A.U.G.E.*«, liest Amir ab. »*Aktionsgruppe für die Untersuchung geheimnisvoller Ereignisse.* Was ist das denn für ein Blödsinn?«

»Das brauchen wir für ein Spiel«, erklärt Dilara.

»Ach so. Wartet, ich gebe die Adresse bei Google Maps ein. Hier ist es. Ihr könnt den Zwölfer Bus nehmen. Wartet, ich drucke euch eine Umgebungskarte aus.«

Kurz darauf holt er ein Blatt aus dem Drucker und reicht es Dilara.

»Ich geh noch mal weg, Mama!«, ruft sie.

»Aber du bist zum Abendessen wieder zurück!«, lautet die Antwort.

Auf dem Weg zur Bushaltestelle erzählt Felix, wie er Bargel und Lysia kennengelernt hat. Dass die Außerirdische bei ihrer ersten Begegnung die Gestalt von Dilara angenommen hat, verschweigt er lieber.

»Das ist wirklich eine coole Hintergrundstory für ein Rollenspiel«, meint Dilara. »Diese Adresse, wo wir jetzt hinfahren, ist das so eine Art Escape Room? So was wollte ich immer schon mal machen.«

Felix seufzt. »Wir werden ja sehen«, erwidert er.

In der Falle

Eine halbe Stunde später stehen sie vor einem vierstöckigen Bürogebäude. Ein Dutzend Firmenschilder sind neben dem Eingang montiert. Eines weist darauf hin, dass die geheimnisvolle Organisation *A.U.G.E.* im dritten Stock zu finden ist.

Nachdem Felix den entsprechenden Klingelknopf gedrückt hat, erklingt eine Frauenstimme durch einen Lautsprecher neben der Tür: »Ja, bitte?«

»Mein Name ist Felix Krume. Ich möchte bitte zu Dr. Moron.«

»Tut mir leid, aber der Doktor ist momentan nicht zu sprechen.«

»Bitte, es ist dringend! Er war neulich bei uns zu Hause und wollte unbedingt mit mir reden.«

»Also schön.«

Der Türsummer ertönt. Felix hat ein mulmiges Gefühl, als er mit Dilara die Treppe hinaufsteigt. Mit klopfendem Herzen betritt er den kleinen Empfangsraum, in dem eine Frau sitzt und ihn neugierig mustert.

»Was gibt es denn so Wichtiges?«, fragt sie.

»Ich muss sofort mit Dr. Moron sprechen«, erklärt Felix. »Er hat … einen Freund von mir … bei sich. Glaube ich jedenfalls.«

»Der Doktor ist leider nicht da. Aber wenn du willst, kannst du mir gerne eine Nachricht für ihn hinterlassen.«

Felix sieht sich um. Neben dem Empfangstresen führt eine Glastür auf einen kleinen Flur, von dem mehrere Türen abgehen. Das Büro scheint recht klein zu sein. Nichts deutet darauf hin, dass hier ein Labor untergebracht ist, in dem Bargel gefangen sein könnte. Aber das muss natürlich nichts bedeuten.

»Wo ist er denn?«, fragt Felix.

»Das darf ich dir leider nicht sagen.«

»Können Sie ihn nicht vielleicht anrufen? Es ist wirklich wichtig!«

Die junge Frau seufzt. »Na gut, ich versuche es.«

Sie nimmt den Hörer eines altmodischen Tastentelefons ab und wählt eine Nummer. »Dr. Moron? Hier ist Anna … Ja, ich weiß. Tut mir leid, dass ich störe, aber hier sind zwei Kinder, die Sie dringend sprechen wollen … Der Junge heißt Felix, glaube ich … Ja, Krume, kann sein …«

Die Augen der Empfangsdame werden immer größer, während sie eine Weile zuhört. Dann nickt sie.

»Ja, Herr Doktor … Ja, verstehe … Gut. Bis gleich.«

Sie legt auf und wendet sich an Felix: »Der Doktor wird gleich hier sein. Ihr könnt euch so lange dorthin setzen.«

Sie zeigt auf zwei Stühle in der Ecke. Dazwischen steht ein niedriger Tisch, auf dem einige Zeitschriften liegen: *UFO Magazin*, *Journal für Grenzwissenschaften* und *Mysterium* lauten die Titel.

Mit einem unguten Gefühl nimmt Felix auf einem der Stühle Platz, während sich Dilara auf den anderen setzt.

»Ich kapiere das nicht so ganz«, sagt sie. »Wieso sitzen wir jetzt hier rum und warten? Was ist das für ein seltsames Spiel?«

»Ich hab dir schon gesagt, das ist kein Spiel«, erwidert Felix.

Dilara wirft ihm einen fragenden Blick zu, schweigt aber.

Sie warten. Felix verspürt den immer stärkeren

Drang, von hier zu verschwinden. Doch er beherrscht sich.

Nach einer Viertelstunde steht Dilara auf.

»Mir reicht es!«, verkündet sie. »Was immer das für ein merkwürdiges Spiel ist, es macht mir keinen Spaß. Ich bin raus.«

In diesem Moment öffnet sich die Eingangstür und Dr. Moron tritt ein. Bei ihm sind zwei Männer in schwarzen Uniformen.

Als er Dilara erblickt, wird sein Gesicht blass.

»Das … das ist sie!«, stößt er hervor. »Die Gestaltwandlerin! Schnappt sie euch, schnell! Und falls sie sich verwandeln will, schockt ihr sie sofort!«

Die beiden Uniformierten packen Dilara an den Armen.

»Hey, was soll das?«, ruft sie. »Lassen Sie mich los!«

Felix versucht, ihr zu helfen, indem er am Arm eines kräftigen Mannes reißt, doch gegen die Sicherheitsleute hat er keine Chance. Er kann nicht verhindern, dass die beiden die um Hilfe schreiende Dilara aus dem Büro zerren.

»Was … machen Sie mit ihr?«, fragt Felix Dr. Moron. »Sie hat mit der Sache nichts zu tun!«

»Spar dir deine Lügen!«, erwidert der Wissenschaftler. »Ich habe mit eigenen Augen gesehen, wie sie sich von einem glibberigen Geleeklumpen in ein Mädchen verwandelt hat. Und dann ist sie in eure Wohnung gegangen.«

Felix fällt wieder ein, wie Lysia am letzten Sonntag in Dilaras Gestalt erschien, kurz nachdem dieser Dr. Moron mit Mama gesprochen und sie ihn weggeschickt hatte. Als er ging, muss er gesehen haben, wie Lysia aus dem Quantenportal kam.

»Sie ist keine Außerirdische!«, ruft er. »Bitte, Sie müssen sie gehen lassen! Ihr Name ist Dilara. Sie ist in meiner Parallelklasse. Das Mädchen, das Sie neulich gesehen haben, war tatsächlich eine Außerirdische. Aber sie sah nur so aus wie Dilara, weil …«

»Das kannst du mir alles im Labor erzählen!«, sagt Dr. Moron. »Komm mit!«

Er packt Felix am Arm, zerrt ihn mit sich die Treppe hinab und schubst ihn auf die Rückbank eines schwarzen Wagens. Auf der Tür prangt das Logo der Firma: **Blasting Verteidigungssysteme**.

Eine Stunde später befindet sich Felix in einem fensterlosen Kellerraum und kämpft mit den Tränen. Ihm gegenüber, hinter einem schlichten Schreibtisch, sitzt ein großer, kräftiger Mann mit sehr kurzen grauen Haaren. Er hat sich als Wolfgang Blasting, Inhaber der Firma **Blasting Verteidigungssysteme**, vorgestellt.

Dr. Moron und zwei Uniformierte stehen links und rechts von Felix.

Auf der Fahrt hierher hat der Doktor keine einzige von Felix' Fragen beantwortet. Schließlich sind sie auf ein riesiges Firmengelände mit etlichen Fabrikhallen gefahren, das von einer hohen Mauer mit Stacheldraht umgeben ist. Sie hielten vor einem unscheinbaren Gebäude und Felix wurde in diesen Raum gezerrt, wo er seitdem von dem Firmenchef verhört wird.

»Also noch mal«, sagt Blasting mit seiner tiefen Stimme. »Dieser Braggel ist mitten in der Nacht in deinem Zimmer erschienen und wollte, dass du mit ihm kommst? Und du bist ihm dann einfach gefolgt?«

»Er heißt Bargel«, erwidert Felix. »Ich habe Ihnen das doch alles schon erzählt!«

»Und wieso konntest du diesen Bargel überhaupt verstehen?«

Felix schluckt. Bis jetzt hat er noch nichts von dem Stirnband erzählt, das er unter seiner Cap trägt. Zum Glück hat ihn bisher niemand aufgefordert, sie abzusetzen. Der Kommunikator ist seine einzige Chance, Lysia um Hilfe zu bitten. Doch dazu müsste er erst einmal allein sein.

»Weil … weil er deutsch sprach«, behauptet er.

»Wusste ich's doch!«, ruft Blasting aus. »Dieser Alien tut nur so, als ob er uns nicht verstünde! Dr. Moron, verstärken Sie die Elektroschocks!«

»Nein!«, ruft Felix erschrocken aus.

»Ich weiß nicht, ob das so klug wäre«, erwidert der Wissenschaftler. »Ich habe den Eindruck, dass wir bereits an der Grenze seiner Belastbarkeit angelangt sind. Wenn die Spannung zu hoch wird, könnten wir ihn ernsthaft verletzen oder sogar sein Hirn schädigen und dann nützt er uns nichts mehr.«

»Wenn er nicht redet, nützt er uns auch nichts!«, poltert Blasting. »Also tun Sie, was ich Ihnen sage!«

»Wo ist Dilara?«, fragt Felix.

»Sie ist in Sicherheit«, behauptet der Firmeninhaber.

»Bitte, lassen Sie sie gehen!«, fleht Felix. »Sie weiß nichts! Ich habe Ihnen doch schon erklärt, dass die Außerirdische, Lysia, nur deshalb Dilaras äußere Gestalt angenommen hat, weil … weil ich sie mag.«

Blasting nickt. »Ja, du hast mir eine wundervolle Geschichte erzählt und es scheint, als sei das Mädchen tatsächlich menschlich. Doch von dem Rest glaube ich dir kein Wort! Diese ganze Sache mit den *Galactic Games* ist doch völliger Schwachsinn! In Wirklichkeit wollen deine Alienfreunde die Welt erobern. Ich weiß nicht, was sie dir versprochen haben, damit du ihnen hilfst, aber sie werden dich am Ende betrügen. Du kannst froh sein, dass wir diese Verschwörung rechtzeitig aufgedeckt haben.«

»Das ist kein Schwachsinn!«, ruft Felix verzweifelt. »Ich habe Ihnen die Wahrheit gesagt! Bitte, lassen Sie mich gehen! Und vor allem, lassen Sie Dilara frei!«

Blasting schüttelt den Kopf. »Ihr beide bleibt erst mal hier, bis wir die ganze Sache gründlich untersucht haben.«

»Aber Sie können uns doch nicht einfach hier festhalten! Das ist Kindesentführung!«

Blasting beugt sich vor und mustert Felix aus schmalen Augen. »Hier geht es um das Schicksal der ganzen Menschheit, mein Junge! Denkst du ernsthaft, irgendjemanden kümmert es da, ob ich einen Jungen wie dich ein paar Tage einsperre?«

»Meine … meine Mutter wird mich vermissen«, sagt Felix. »Sie wird zur Polizei gehen! Dr. Moron war bei uns, sie hat seine Adresse. Wenn Sie uns nicht sofort freilassen, bekommen Sie eine Menge Ärger!«

»Das stimmt leider«, bestätigt Dr. Moron.

Blasting wirft Dr. Moron einen finsteren Blick zu, doch dann grinst er.

»Mach dir darüber keine Sorgen«, sagt er. »Du hattest dummerweise einen schweren Unfall und liegst im Krankenhaus. Leider musste dein ganzes Gesicht verbunden werden. Deine Mutter wird keine Ahnung haben, dass der Junge in der Privatklinik, die zufälligerweise mir gehört, in Wirklichkeit eine Puppe ist.«

Felix malt sich aus, wie geschockt Mama sein wird.

»Sie … Sie Monster!«, ruft er.

»Ist das wirklich nötig, Herr Blasting?«, schaltet sich Dr. Moron ein. »Wir hatten doch ausgemacht, dass der Junge nur kurz verhört wird und dann …«

»Halten Sie sich da raus, Moron!«, herrscht Blasting ihn an. »Von Sicherheitsangelegenheiten verstehen Sie offensichtlich nichts, sonst wären Sie ja nicht so dämlich gewesen, der Mutter des Jungen Ihre Visitenkarte zu geben! Er bleibt hier, bis wir alles wissen! Denken Sie daran, dass Sie und Ihre komische Organisation ohne mein Geld und meine Unterstützung gar nichts erreicht hätten, von meinem Labor ganz zu schweigen!«

»Ja, Herr Blasting. Da haben Sie recht.«

Der Firmenchef wendet sich an einen der beiden Uniformierten.

»Bringen Sie ihn in die Sicherheitszelle zu dem Mädchen«, sagt er. »Aber seien Sie vorsichtig! Wer weiß, was die beiden für Tricks draufhaben!«

Der Portalschlüssel

Felix wird in einen fensterlosen Raum gebracht, der einer Gefängniszelle gleicht. Zwei Betten, eine Kommode und ein Stuhl stehen darin. In einer kleinen, abgetrennten Kabine befinden sich eine Toilette, ein Waschbecken und eine Dusche.

Dilara liegt auf einem der Betten. Als die Tür hinter Felix abgeschlossen wird, blickt sie auf und sieht ihn mit roten glasigen Augen an.

»Was … was passiert hier?«, fragt sie. »Wenn das ein Spiel ist, dann … möchte ich, dass es aufhört. Bitte!«

»Das ist kein Spiel, Dilara. Es tut mir leid, ich hätte dich da nicht mit reinziehen sollen. Wir sind hier anscheinend in einer Waffenfabrik oder so, die einem gewissen Herrn Blasting gehört. Er glaubt, dass Aliens die Welt erobern wollen.«

»Ich … ich habe gehört, was du zu ihm gesagt hast …«

Felix legt rasch einen Finger an den Mund. Bestimmt werden sie belauscht!

Dilara nickt, als sie versteht, was er meint: Wenn Blasting und seine Leute mitkriegen, dass sie Kommunikatoren haben, verlieren sie ihre letzte Möglichkeit, Hilfe zu holen.

»Ich meine, ich kann es mir denken«, ergänzt sie rasch.

»Ich habe ihm gesagt, dass er uns freilassen soll und dass meine Mutter zur Polizei geht, wenn er das nicht sofort tut. Aber er hat nur gelacht und meinte, sie tun so, als hätte ich einen schweren Unfall gehabt.«

»Oh Gott! Wenn sie das auch meiner Mama erzählen … sie wird umkommen vor Sorge!«

Felix überlegt, was er tun soll. Am besten wäre es, Lysia zu kontaktieren und sie um Hilfe zu bitten. Doch falls Dr. Moron sie wirklich abhört, könnte er das merken und ihnen die Kommunikatoren abnehmen.

Schließlich kommt ihm eine Idee.

»Schade, dass wir Lysia nicht um Hilfe bitten können«, sagt er laut. »Es wäre wirklich toll, wenn sie uns hören würde, aber wir haben ja keine Möglichkeit, mit ihr in Kontakt zu treten.«

»Wir können doch …«, beginnt Dilara, verstummt jedoch sofort, als sie Felix' Blick sieht.

»Wirklich zu dumm, dass Lysia uns nicht hört!«, ruft Felix.

»Aber ich höre dich doch!«, erklingt Lysias Stimme in seinem Kopf.

Dilara macht große Augen, schweigt jedoch.

»Wenn sie uns hören könnte, würde ich ihr sagen, dass wir in großen Schwierigkeiten stecken«, fährt Felix fort.

»Ich verstehe!«, erwidert Lysia. »Du kannst nicht frei sprechen. Doch ich fürchte, ich kann dir nicht helfen. Ich habe gehört, was du gesagt hast, habe aber leider auch keine Idee, wie ihr euch befreien könnt. Allerdings bin ich mir sicher, dir wird im entscheidenden Moment etwas einfallen. Ich glaube fest an dich, Felix. Viel Glück!«

Dilara bricht in Tränen aus.

Lysias Zuspruch ist zwar gut und schön, nützt aber leider nicht viel. Wozu hat man eigentlich Alienfreunde mit überlegener Technologie, wenn sie einem in so einer Situation nicht helfen können?

Er setzt sich zu Dilara aufs Bett und legt seinen Arm um sie, um sie zu trösten. In diesem Moment wird die Tür aufgeschlossen und Dr. Moron betritt in Begleitung der beiden Uniformierten den Raum.

»Ihr beide, mitkommen!«, sagt er.

Felix und Dilara werden einen Flur entlang eskortiert und in einen hell erleuchteten Raum voller Computer und merkwürdiger Apparate gebracht. Eine riesige Glasscheibe gibt den Blick auf einen gekachelten Nebenraum frei, in dem ein großer Metalltisch steht. Auf dem Tisch liegt Bargel. Er sieht erschöpft aus. Seine vier Tentakel hängen schlaff über die Tischkanten herab und die Stielaugen scheinen Felix kaum wahrzunehmen.

»Felix?«, hört er Bargels schwache Stimme. »Felix, bist du das? Bitte … hilf mir!«

Felix würde seinem Freund gerne Mut zusprechen, doch er schweigt lieber. Dr. Moron darf nicht merken, dass er Bargels Worte verstanden hat.

Dilara reißt die Augen auf, als sie den Alien sieht. »Das … das da … ist der Außerirdische?«, fragt sie.

»Ja, das ist Bargel«, erwidert Felix.

»Also … ist alles wahr, was du mir erzählt hast?«

Felix nickt. »Ja.«

»Es tut mir leid, dass ich dir nicht geglaubt habe«, erwidert Dilara kleinlaut.

»Schon gut. Ist ja auch eine ziemlich unglaubliche Geschichte.«

»Genug geplaudert«, sagt Dr. Moron. »Wir versuchen seit Stunden, mit diesem störrischen Alien zu kommunizieren, doch er tut so, als verstünde er uns nicht. Ich habe mir gedacht, vielleicht redet er mit dir.«

»Was wollen Sie denn von ihm wissen?«, fragt Felix.

Dr. Moron öffnet einen Wandschrank aus Stahl, der mit einem Zahlenschloss gesichert ist, und holt zwei schwarze Gegenstände heraus. Der eine ist lang und flach und sieht ein wenig aus wie die Fernbedienung eines Fernsehers. Das muss der Portalschlüssel sein! Das andere Ding ist eine flache, runde Scheibe ohne erkennbare Bedienungselemente.

»Wir wollen wissen, was das hier ist und wie es funktioniert«, erklärt Dr. Moron.

»Und warum?«, fragt Felix.

»Verstehst du denn nicht, Junge?« Die Augen des Doktors leuchten. »Das ist Alientechnologie! Wer weiß, welche Geheimnisse sie birgt? Bis jetzt haben wir nur herausgefunden, dass diese Geräte eine ungewöhnlich hohe Dichte haben. Das Material, aus dem sie bestehen, scheint zehnmal so schwer zu sein wie

Gold, aber es ist nicht radioaktiv. Nach den bekannten Gesetzen der Physik ist das eigentlich gar nicht möglich. Wenn wir diese Technik erforschen und sie nachbauen könnten, wäre das ein Meilenstein für die Wissenschaft! Wir könnten die Menschheit Jahrhunderte voranbringen. Wir könnten uns endlich gegen die Invasion der Außerirdischen wehren.«

»Herr Blasting würde dieses Wissen doch bestimmt verwenden, um schreckliche Waffen zu bauen«, vermutet Felix.

»Davon verstehst du nichts!«, erwidert Dr. Moron. »Und jetzt frag diesen Alien dort, wie das hier funktioniert.«

Er hält den Portalschlüssel hoch.

Felix überlegt fieberhaft. Er kann Bargel zwar danach fragen, doch da sein Freund nur in Aliensprache reden kann, müsste er so tun, als verstünde er die Antwort nicht, oder zugeben, dass er ein Übersetzungsgerät hat. Wenn er aber den Portalschlüssel in die Hand bekäme …

»Ich weiß, wie das Ding funktioniert«, behauptet er. »Das ist ein Portalschlüssel. Damit kann man ein Portal zu einem anderen Planeten öffnen.«

Der Doktor macht große Augen. »Ein Teleportationsgerät! Ja, das ergibt Sinn. So muss der Alien hierher auf die Erde gekommen sein. Und du weißt, wie man es aktiviert?«

»Ja. Ein Alien namens Lysia hat mir beigebracht, wie man ein Portal öffnet und den Zielort einstellt«, lügt Felix und hofft inständig, dass seine Teamkameradin zuhört und versteht, um was er sie bittet. »Geben Sie mal her, ich zeige es Ihnen.«

»Du willst diesen Typen doch nicht etwa helfen?«, fragt Dilara entgeistert.

»Es ist die einzige Möglichkeit für uns, hier rauszukommen«, erwidert Felix.

»Na schön, hier«, sagt Dr. Moron und reicht ihm den Portalschlüssel. »Aber mach keine Dummheiten, hörst du? Sonst wird es deiner Freundin und dem Alien schlecht ergehen!«

Felix nimmt das Gerät in die Hand. Obwohl es viel kleiner ist, fühlt es sich so schwer an wie ein Ziegelstein. Es ist länglich und schwarz und hat drei Tasten, auf denen Symbole eingraviert sind.

Das erste Zeichen besteht aus einem kleinen Kreis innerhalb eines größeren, sodass es wie ein Auge aussieht. Das zweite ist ein Quadrat mit einem Rechteck darin. Das dritte zeigt ein leeres Quadrat.

»Das Symbol mit den Kreisen ist die Taste für die Zielfestlegung«, hört Felix Lysias Stimme. »Normalerweise legt man das Ziel für das Quantenportal mithilfe eines Lokators fest, das ist eine flache, runde Scheibe. Aber es geht auch ohne, wenn du an einen Ort reisen willst, den du gut kennst, und dabei einen Kommunikator trägst. Dann musst du dir diesen Ort nur ganz genau vorstellen, während du auf den Knopf drückst. Der Portalschlüssel liest deine Gedanken und versucht, die Koordinaten dieses Ortes zu ermitteln. Der Knopf in der Mitte öffnet ein Portal dorthin, der dritte schließt es wieder.«

»Nun mach schon, Junge!«, drängt Dr. Moron. »Zeig mir endlich, wie man dieses Ding bedient!«

»Es ist ganz einfach«, behauptet Felix. »Sie halten das Gerät in die Richtung, in die Sie reisen wollen, und drücken auf den Knopf in der Mitte. Hier, ich führe es Ihnen vor.«

Felix berührt den Zielknopf und stellt sich vor, er wäre bei Bargel im Zimmer auf der anderen Seite der Glasscheibe. Dann drückt er den Knopf in der Mitte. Tatsächlich erscheint ein Portal. Es sieht so aus, als wäre vor ihm in der Wand ein Durchgang entstanden.

Blitzschnell packt Felix Dilara am Arm, zerrt sie durch das Portal in die Kammer und schließt das Portal mit dem quadratischen Symbol.

Sie stehen jetzt auf der anderen Seite der Glasscheibe neben dem Metalltisch, auf dem Bargel liegt. Durch das Fenster sieht Felix Dr. Morons erschrockenes Gesicht.

»Hey, was soll das?«, ruft er. »Lass den Unsinn …« Er wird blass, als er zu begreifen scheint, was Felix vorhat. »Schnappen Sie den Jungen!«, brüllt er die Uniformierten an. »Schnell!«

Die beiden Männer rennen aus dem Raum in einen kleinen Flur, der die beiden Laborräume verbindet. Sie werden in wenigen Sekunden hier sein!

Felix denkt fest an einen Ort, an dem er erst kürzlich war, und drückt den Zielknopf. Ein Portal erscheint, doch auf der anderen Seite ist es so dunkel, dass er nicht erkennen kann, wohin es führt.

Er kann nur hoffen, dass der Portalschlüssel den richtigen Ort ausgewählt hat.

»Hilf mir, schnell!«, ruft er Dilara zu. Gemeinsam lösen sie rasch die Schnallen, mit denen Bargel an den Tisch gefesselt ist. Dann packt Felix seinen Oberkörper, während Dilara die stämmigen Beine des Aliens ergreift. Stöhnend wuchten sie ihn von dem Metalltisch. Bargel ist ganz schön schwer!

Eine Tür in der Seitenwand fliegt auf und die beiden schwarz gekleideten Männer stürmen herein.

»Bleibt hier, oder …«, schreit einer der beiden und holt einen Elektroschocker hervor.

Doch bevor er schießen kann, stolpert Felix mit Dilara und Bargel durch das Portal und schließt es rasch.

Absolute Dunkelheit umhüllt sie.

Gestrandet

»Wo … wo sind wir?«, fragt Dilara.

»Im Turnhallenkeller unserer Schule«, erwidert Felix. »Hoffe ich jedenfalls!«

Er tastet um sich und atmet erleichtert auf, als er das runde Leder eines Medizinballs fühlt.

Bargel stöhnt. »Danke, dass ihr mich befreit habt«, hört Felix seine Stimme. »Diese Typen waren nicht sehr nett zu mir. Aua, mir tut immer noch alles weh.«

»Das tut mir leid«, erwidert Felix. »Es muss schrecklich sein, auf einem fremden Planeten zu stranden und dann auch noch von seinen Bewohnern gefangen und misshandelt zu werden.«

»Oh ja, wenn ihr mir nicht zu Hilfe gekommen wärt, hätten sie mich wahrscheinlich umgebracht. Danke auch dir, Erdling. Bist du auch ein Gamer?«

»Das ist Dilara«, stellt Felix sie vor. »Sie geht mit mir zur Schule.«

»Freut mich, dich kennenzulernen, Dilara. Aber … wo sind wir eigentlich?«

»Im Turnhallenkeller«, erklärt Felix. »Dort, wo ich dich versteckt gehalten habe.«

»Nein«, widerspricht Bargel. »Das kann nicht sein. Der Raum hörte sich anders an.«

»Bist du sicher?«, meint Felix. »Hier neben mir liegt nämlich ein Medizinball …«

Doch als er erneut nach dem Ball greift, erklingt ein lautes Hupen und der vermeintliche Medizinball springt zur Seite.

»Auweia!«, ruft er. »Das ist gar kein Medizinball! Aber was dann?«

»Iih!«, schreit Dilara. »Etwas hat gerade mein Bein berührt. Wo … wo sind wir?«

»Wir sind in einer Höhle auf irgendeinem Planeten«, stellt Bargel fest. »So was kann passieren, wenn man einen Portalschlüssel ohne Lokator benutzt und sich nicht gut genug konzentriert.«

»Es tut … tut mir leid«, stammelt Felix. »Es musste alles so schnell gehen!«

»Schon gut«, meint Bargel. »Wir öffnen einfach ein neues Portal. Gib mir mal den Schlüssel.«

Felix ertastet einen von Bargels Tentakeln und reicht ihm den Portalschlüssel. Kurz darauf erscheint ein helles Rechteck vor ihnen. Eine fremdartige Landschaft mit violetten Bäumen, an denen riesige blaue Kugeln hängen, ist darin zu sehen.

»Hm, komisch«, grunzt Bargel.

Im rötlichen Licht, das durch das Portal fällt, erkennt Felix, dass sie sich tatsächlich in einer Höhle befinden. Mehrere kugelförmige Wesen hüpfen aufgeregt herum und stoßen dabei hupende Geräusche aus. Sie sehen entfernt aus wie Medizinbälle mit kurzen Beinen. Doch er erblickt noch etwas: Ein großes, längliches Geschöpf, das wie ein Fisch mit Beinen aussieht, kriecht langsam auf sie zu. Die Kugelwesen scheinen Angst vor ihm zu haben.

»Weg hier!«, ruft er und zerrt Dilara mit sich zum Portal.

»Halt, wartet …«, beginnt Bargel, aber Felix und Dilara sind bereits auf der anderen Seite. Das Tentakelschwein folgt ihnen rasch, bevor es das Portal schließt.

Felix sieht sich um. Sie stehen auf einer mit blauem Gras bedeckten Ebene, die von steilen Bergen umgeben ist. In der Nähe ragt ein Wald von Kugelbäumen

auf. Eine Herde gestreifter Tiere, die wie eine Mischung aus Zebras und Riesenkaninchen aussehen, grast friedlich in der Nähe. Eine riesige Sonne glüht orangefarben am Himmel, über den dreieckige Flugwesen ziehen.

»Wo sind wir hier?«, fragt Felix.

»Äh, keine Ahnung«, gibt Bargel zurück.

»Was soll das heißen, *keine Ahnung*? Ich dachte, du weißt, wie man den Portalschlüssel bedient.«

»Das weiß ich auch. Aber entweder habe auch ich mich nicht richtig konzentriert oder der Schlüssel ist defekt. Jedenfalls ist das hier nicht Dosibar fünf.«

»Dosiwas?«, fragt Dilara.

»Dosibar fünf ist mein Heimatplanet. Da wollte ich eigentlich hin. Aber hier ist es ja auch ganz hübsch.«

»Äh, ja«, sagt Felix. »Trotzdem wäre ich lieber wieder auf der Erde.«

»Erst würde ich gerne in meine Welt zurückkehren, wenn ihr nichts dagegen habt. Die machen sich da bestimmt schon Sorgen um mich. Von dort öffne ich euch dann ein Portal zu eurem Planeten, okay?«

In diesem Moment bebt die Erde unter ihnen. Aufgeregte, blökende Rufe erklingen von der Herde der gestreiften Riesenkaninchen. Plötzlich sackt der Boden nicht weit entfernt ab und ein gigantisches Wesen schießt daraus hervor. Es sieht aus wie ein riesiger schwarz glänzender Regenwurm, ist aber mindestens 20 Meter lang und hat an einem Ende ein gewaltiges Maul voller spitzer Zähne. Das Wesen schnappt nach einem der Herdentiere, verfehlt es jedoch.

»Können wir jetzt von hier verschwinden?«, bittet Dilara.

»Still, ich konzentriere mich!«, erwidert Bargel.

Nachdem die Herde der Zebrakaninchen mit gewaltigen Sprüngen davongeeilt ist, reckt der schwarze Riesenwurm seinen Kopf in den Himmel und dreht ihn nach allen Seiten, als sehe er sich um. Dann gleitet er rasch auf die drei Freunde zu.

»Bargel!«, ruft Felix. »Ein Portal, schnell! Egal wohin, Hauptsache, weg hier!«

Ein leuchtendes Rechteck erscheint. Felix zieht Dilara hindurch. Bargel folgt ihnen, doch bevor er das Portal schließen kann, schießt auch der Kopf des riesigen Wurms hindurch und schnappt nach dem Bein des Aliens. Bargel schreit auf und der Portalschlüssel fällt ihm aus dem Tentakel. Entsetzt sieht Felix, wie der Wurm seinen Freund zurück durch das Portal ziehen will.

Ehe er reagieren kann, hechtet Dilara nach dem Schlüssel und drückt den Knopf, der das Portal schließt.

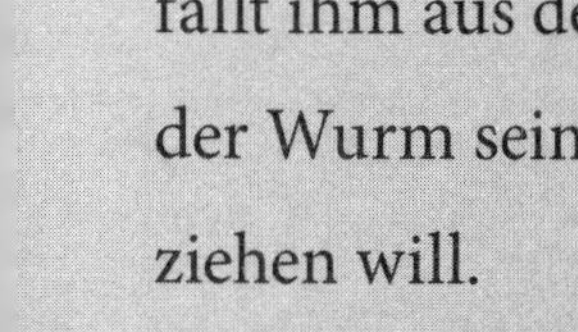

Als die Öffnung verschwindet, wird der Kopf des Riesenwurms vom Rest des Körpers abgetrennt.

Bargel rappelt sich auf. »Puh, das war …«

Er stockt mitten im Satz, packt Dilara und Felix mit seinen Tentakeln und reißt sie zur Seite. Im nächsten Moment schießt etwas Großes, Graues dicht an ihnen vorbei. Wenn Bargel sie nicht aus dem Weg geschubst hätte, wäre es in sie hineingekracht.

Verblüfft blickt Felix dem Objekt nach. Es sieht aus wie ein riesiger Kasten, der mit hoher Geschwindigkeit über dem Boden schwebt. Was immer das war, es hätte sie fast erwischt!

Erst jetzt kommt er dazu, sich umzusehen und die Umgebung richtig wahrzunehmen. Sie befinden sich auf einer Ebene aus dunkelrotem Sand. Hier und da erheben sich seltsame unregelmäßig geformte Türme aus rötlichem Stein. Neben ihnen verläuft ein etwa zehn Meter breites schwarzes Band über den Boden.

Das muss eine Art Straße sein, denn schon kommt ein weiterer grauer Kasten angeschossen.

»Ist das hier dein Heimatplanet?«, fragt Dilara.

»Ich fürchte, nein«, erwidert Bargel und zeigt zum Himmel, an dem drei Monde zu sehen sind. »Wartet, ich versuche es noch einmal.«

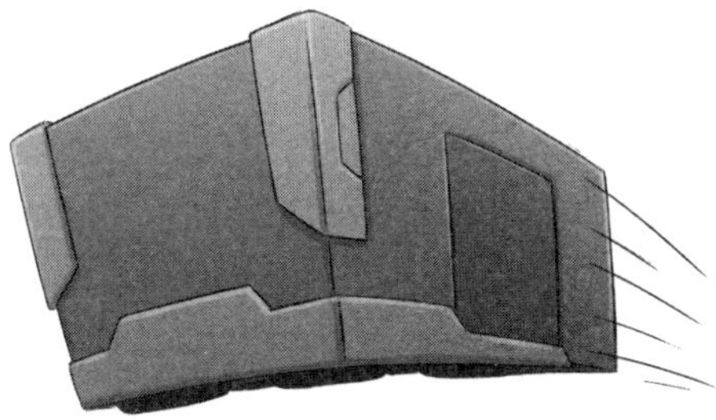

Bargel hebt den Portalschlüssel auf. Eine Minute lang geschieht nichts, außer dass mehrere graue Kästen vorbeirasen.

»Oje«, sagt der Alien. »Kein Wunder, dass die Zielfindung zuletzt unpräzise war. Die Batterie des Schlüssels ist leer. Ich muss vergessen haben, sie aufzuladen, bevor ich auf die Erde gekommen bin.«

»Was?«, ruft Felix.

»Das ist jetzt nicht dein Ernst!«, meint Dilara.

»Ich fürchte, doch«, gibt Bargel zerknirscht zu.

»Heißt das, wir kommen nie wieder hier weg?«, fragt Felix.

»Nicht unbedingt«, widerspricht Bargel. »Wir müssen bloß eine Ladestation finden.«

»Eine Ladestation? Auf einem fremden Planeten? Wie soll das denn gehen?«

Bargel deutet mit einem Tentakel auf die Straße. »Dieser Planet scheint bewohnt und technologisch fortschrittlich genug zu sein. Wenn er Mitglied der Galaktischen Föderation ist, gibt es hier wahrscheinlich auch Standard-Hochenergie-Ladestationen.«

»Und wenn nicht?«, fragt Dilara.

»Dann haben wir ein Problem«, meint der Alien.

Sie schüttelt den Kopf. »Wie kann es sein, dass ihr über so fortschrittliche Technologie verfügt, aber zu schusselig seid, um damit umzugehen?«

»Ist das auf eurem Planeten etwa anders?«, fragt Bargel zurück.

»Äh, na ja …« Dilara zuckt mit den Schultern. »Zugegeben, mein Bruder vergisst auch dauernd, sein Smartphone aufzuladen. Aber ich dachte, in der Zukunft gäbe es Batterien, die niemals leer werden oder so.«

»In der Zukunft vielleicht«, meint Bargel.

»Und was ist mit den Kommunikatoren?«, will Felix wissen. »Muss man die auch aufladen?«

»Ja, aber nur alle zehntausend Zyklen«, gibt Bargel zurück. »Sie verbrauchen bei Weitem nicht so viel Energie wie ein Portalschlüssel, der jedes Mal einen Tunnel quer durch alle Dimensionen öffnet.«

»Aha. Und was machen wir jetzt?«

»Wir folgen der Straße, bis wir zu einer Siedlung kommen, und fragen dort nach einer Ladestation.«

»Und in welche Richtung gehen wir?«

»Äh, da lang«, erwidert Bargel und zeigt aufs Geratewohl nach rechts.

Durch die Wüste

Stundenlang marschieren sie durch die rote Einöde, doch die Landschaft verändert sich nicht und von einer Stadt oder auch nur einem einzelnen Gebäude ist weit und breit nichts zu sehen. Felix' Kehle ist ausgetrocknet und seine Beine tun ihm weh, aber er wagt es nicht, sich zu beklagen. Vor Bargel und Dilara will er nicht wie ein Schwächling dastehen.

Schließlich geht die Sonne unter. Die drei Monde sind bereits hinter dem Horizont verschwunden, sodass die Wüste nur noch von den Sternen erhellt wird. Felix hält nach vertrauten Sternbildern Ausschau, findet jedoch keine.

»Ich glaube, ich brauche mal eine Pause«, sagt er, nachdem sie mehrere Stunden durch die Nacht marschiert sind. »Außerdem habe ich Hunger und Durst.«

»Wenn wir eine Siedlung gefunden haben, kannst du was essen und trinken«, gibt Bargel zurück. »Jedenfalls, wenn sie dort Nahrung haben, die dein Körper verarbeiten kann.«

»Ich habe allmählich auch die Nase voll davon, hier durch die Wüste zu irren!«, beschwert sich Dilara.

»Igitt!«, ruft Bargel aus. »Es muss schrecklich sein, wenn man etwas in der Nase hat.«

»Das sagt man bei uns nur so«, erklärt Felix. »Aber wir Menschen können nun mal nicht tagelang ohne Essen und Trinken auskommen und wir müssen hin und wieder schlafen. Ich kann einfach nicht mehr.«

»Was soll das heißen, du kannst nicht mehr?«,

fragt Bargel empört. »Wir sind Team Tentakelfaust und geben niemals auf!«

»Ich bin aber nicht in eurem blöden Team«, widerspricht Dilara mit Tränen in den Augen, »und ich habe keine Lust mehr, auf irgendwelchen fremden Planeten herumzurennen, bis ich von Monstern gefressen werde! Ich will nach Hause, und zwar sofort!«

»Ich auch«, erwidert Bargel. »Und deshalb suchen wir nach einer Siedlung mit einer Ladestation, wo ich den Portalschlüssel aufladen kann.«

»Kannst du nicht irgendwen zu Hilfe holen?«, fragt Felix. »Irgendeiner deiner Artgenossen muss doch einen Portalschlüssel haben. Kannst du nicht jemanden mit deinem Kommunikator herbeirufen?«

»Wenn ich das mache, bekomme ich einen Riesenärger, weil ich klassifizierte Technologie auf einem Planeten innerhalb der Schutzzone verloren habe, und darf nie mehr an den *Galactic Games* teilnehmen.

Und das gerade jetzt, wo wir so ein gutes Team sind und sogar schon zweimal gegen die Unbesiegbaren Helden gewonnen haben.«

»Du hast den Portalschlüssel doch wieder«, stellt Felix fest.

»Den Portalschlüssel schon, aber meinen Lokator nicht«, erwidert Bargel. »Und der enthält ebenfalls Densitronium und darf deshalb nicht in die Hände unterentwickelter Völker gelangen.«

»Moment mal, wer ist hier *unterentwickelt*?«, protestiert Dilara.

»Na, ihr«, gibt Bargel ungerührt zurück.

Dilara schnauft wütend, sagt jedoch nichts.

Felix denkt nach. Einerseits möchte er nicht, dass sein Freund Ärger bekommt, und es wäre wirklich schade, wenn Team Tentakelfaust aufgelöst würde. Andererseits will er auch nicht auf diesem offenbar kaum bewohnten Wüstenplaneten jämmerlich verdursten. Er ist am Ende seiner Kräfte und diese Wüste scheint grenzenlos zu sein.

In diesem Moment zischt wieder eine der grauen Kisten an ihnen vorbei. Sie sieht beinahe aus wie ein Lastwagen ohne Räder. Wenn sie auf der Erde wären, könnten sie versuchen, eines dieser Gefährte anzuhalten, und den Fahrer bitten, sie mitzunehmen. Doch sie scheinen sich vollautomatisch fortzubewegen, jedenfalls ist kein Führerhäuschen oder Ähnliches erkennbar.

Vielleicht gibt es trotzdem eine Möglichkeit, sie zu stoppen. Felix blickt sich um. In der Nähe liegen mehrere große Steine. Wenn sie daraus eine Barriere errichten, können sie die Kisten zum Anhalten zwingen. Womöglich kommt dann jemand, um nachzusehen, was die Störung verursacht hat. Den könnten sie nach einer Ladestation für den Portalschlüssel fragen.

»Helft mir mal!«, sagt er und erklärt den anderen, was er vorhat.

Zu dritt wuchten sie einen Stein auf die Fahrbahn. Kurz darauf rast eine weitere Kiste heran. Rasch springen sie zur Seite. Die Kiste gleitet problemlos über den Stein hinweg. Offenbar ist er nicht groß genug, um das Gefährt aufzuhalten.

»Vielleicht klappt es, wenn wir einen zweiten Stein auf den ersten stapeln«, überlegt Felix.

Sie schleppen einen weiteren Stein zur Straße. Gerade als sie ihn auf den anderen legen wollen, schießt erneut eine Kiste heran.

»Schnell, zur Seite!«, ruft Felix und lässt den Stein los.

Bargel schreit vor Schmerz auf, als der schwere Stein auf einen seiner Tentakel fällt und ihn einklemmt. Er steckt fest und kann sich nicht in Sicherheit bringen! Felix will seinem Freund zu Hilfe eilen, doch es ist bereits zu spät. Dilara hält ihn am Arm fest, damit er sich nicht ebenfalls in Gefahr begibt.

Die Kiste rast mit hoher Geschwindigkeit auf das

Tentakelschwein zu, dessen Stielaugen vor Schreck zucken. Felix schließt die Augen. Er will nicht mit ansehen, wie Bargel überfahren wird.

Ein Geräusch wie das Tosen eines Sturms ist zu hören. Felix und Dilara werden von einem plötzlichen Windstoß zu Boden geworfen. Als sie sich wieder aufrappeln, steht Bargel immer noch auf der Straße. Die Kiste schwebt vor ihm. Offensichtlich hat sie eine Art Düsentriebwerk aktiviert, um abzubremsen, und in letzter Sekunde angehalten.

Die Maschine stößt ein lautes Dröhnen aus.

»Mach den Weg frei!«, übersetzt das Stirnband.

Felix eilt zu Bargel und hilft ihm, den Stein zur Seite zu rollen, sodass er seinen eingeklemmten Tentakel befreien kann.

»Bist du verletzt?«, fragt er.

»Es geht schon«, erwidert der Alien. »Meine Tentakel sind ziemlich zäh. Aber es hat verdammt wehgetan!«

Inzwischen ist eine zweite Kiste herangerauscht und hat hinter der ersten angehalten, sodass ein kleiner Stau entstanden ist. Die beiden Fahrzeuge dröhnen: »Mach den Weg frei! Mach den Weg frei!«

»Los!«, ruft Felix. »Wir müssen auf die Kiste klettern!«

»Und dann?«, will Dilara wissen.

»Dann kommen wir jedenfalls schneller voran. Diese Straße muss ja irgendwo hinführen.«

Dilara blickt skeptisch. »Bist du sicher, dass das eine gute Idee ist? Wer weiß, was in diesen Kisten ist und wohin sie unterwegs sind.«

»Willst du lieber weiter zu Fuß durch die Wüste irren?«, fragt Felix.

»Nein, schon gut«, gibt sie nach.

Felix macht eine Räuberleiter, sodass Dilara auf seine Schultern steigen und sich oben auf die Kiste ziehen kann. Als Nächster versucht Felix hinaufzuklettern.

»Hey!«, beschwert sich Bargel, der ihm als eine Art

Leiter dient. »Pass auf, wo du hintrittst! Zwischen den Augen bin ich ziemlich empfindlich!«

»Tut mir leid«, erwidert Felix.

Er ist schlecht in Sport und konnte auch nie besonders gut klettern. Dennoch schafft er es mit Dilaras Hilfe, sich nach oben zu hangeln. Beide beugen sich über die Kante und strecken ihre Arme aus. Bargel macht einen Satz, packt ihre Handgelenke mit all seinen vier Tentakeln und versucht, sich hochzuziehen.

Kaum haben seine Beine den Boden verlassen, setzt sich die Kiste ruckartig in Bewegung und beschleunigt mit solcher Wucht, dass Felix und Dilara vom Dach gefallen wären, wenn Bargel sie nicht mit seinen Tentakeln festgehalten hätte.

»Los, zieht mich rauf!«, ruft der Alien.

Doch das ist leichter gesagt als getan, denn so ein Tentakelschwein ist ganz schön schwer. Schließlich schaffen sie es aber mit vereinten Kräften.

Die nächtliche Wüstenlandschaft rast an ihnen vorbei. Felix hat das Gefühl, dass die Kiste schneller ist als ein Rennwagen. Der Fahrtwind zerrt so heftig an ihnen, dass sie sich kaum auf dem Dach halten können. Felix' Cap wird ihm vom Kopf gerissen, aber der Kommunikator sitzt fest auf seiner Stirn.

Stundenlang gleiten sie mit hoher Geschwindigkeit durch die Wüste, ohne dass ein Ziel in Sicht wäre. Es wird immer deutlicher, dass sie es niemals zu Fuß bis zur nächsten Siedlung geschafft hätten – falls es auf diesem Planeten überhaupt Siedlungen gibt. Doch ob die Idee, per Anhalter auf einer Transportkiste mitzufahren, besser war, muss sich erst noch zeigen.

Als die Sonne aufgeht, wird die Landschaft in rotes Licht getaucht, sodass es aussieht, als bestünde sie aus glühender Lava. Der Anblick ist überwältigend schön, doch Felix hat nicht viel Zeit, sich daran zu erfreuen, denn vor ihnen kommt auf einmal der Horizont immer näher. Es scheint fast, als würden sie auf das Ende der Welt zurasen!

Kurz darauf schießen sie über eine Klippe, hinter der eine gigantische Schlucht liegt. Sie muss mehrere Kilometer tief sein. Einen Moment lang glaubt Felix, dass die Kiste einfach über die Schlucht hinwegfliegt, doch dann neigt sie sich immer mehr nach unten und er spürt, wie sie fallen.

»Hilfe!«, schreit Dilara. »Wir stürzen ab! Tu doch was, Felix!«

Leider hat er nicht die geringste Idee, was er machen soll. Also ruft er bloß »Halt dich fest!« und klammert sich selbst so gut er kann an die Vorderkante der Kiste. Als ob das irgendetwas nützen würde, wenn sie am Grund der Schlucht aufschlagen.

Immer schneller fallen sie in die Tiefe. Felix kann bereits den zerklüfteten Grund erkennen, auf dem sie in wenigen Sekunden aufprallen werden.

Doch plötzlich bremst die Kiste den Fall und legt sich wieder waagerecht, als würde sie von einer unsichtbaren Kraft aufgefangen. Bald rast sie dicht über dem Boden dahin – genau auf eine Felswand auf der anderen Seite der Schlucht zu.

Für einen schrecklichen Moment befürchtet Felix, dass sie an der Wand zerschellen werden. Doch im letzten Moment öffnet sich vor ihnen ein Tor und sie schießen in einen finsteren Tunnel. Nur einen Augenblick später gelangen sie in eine gigantische Höhle, die von Millionen Lichtern erhellt ist.

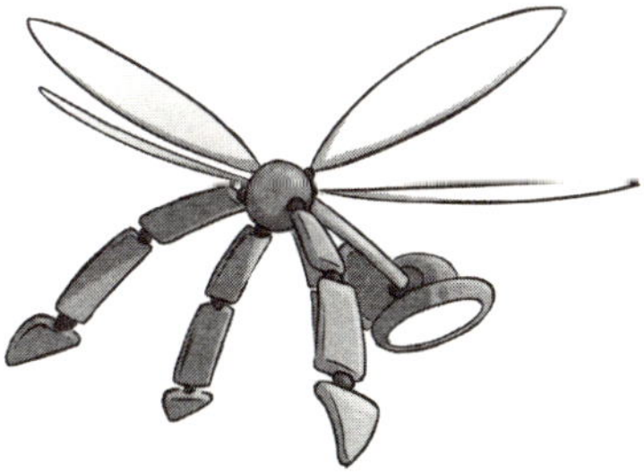

Die Stadt der Kastenköpfe

Die Kiste bremst so abrupt, dass Felix, Dilara und Bargel sich nicht festhalten können. Sie werden vom Dach des Fahrzeugs geschleudert und schlagen ein paar Meter weiter auf dem Boden der Höhle auf, der zum Glück mit seltsamen pilzförmigen Gewächsen bedeckt ist, die ihren Sturz abfedern. Trotzdem tut Felix jeder Knochen in seinem Körper weh.

»Dilara!«, ruft er. »Bist du verletzt?«

Ein Stöhnen erklingt links von ihm. Dilara kriecht unter einem großen Pilzgewächs hervor.

»Ich glaube, ich bin okay«, erwidert sie.

Auch Bargel scheint das Ende der rasanten Achterbahnfahrt ohne größere Verletzungen überstanden zu haben.

»Wo sind wir hier?«, fragt Dilara.

Felix sieht sich um. Überall um ihn herum erheben sich riesige Türme mit zahllosen hellen Fenstern. Auf den ersten Blick gleichen sie Wolkenkratzern in irdischen Großstädten. Dazwischen schwirren in verschiedenen Farben leuchtende Objekte herum, die Drohnen sein könnten oder große Insekten mit bunt schillernden Flügeln. Ein Brummen und Surren erfüllt die Luft und es riecht irgendwie verbrannt.

An einer Seite des Fahrzeugs, mit dem sie hergekommen sind, öffnet sich eine Tür und mehrere Wesen treten heraus. Sie haben graublaue Haut und bewegen sich hüpfend auf zwei kurzen Beinen mit tellerförmigen Füßen fort, über denen ein langer, dünner Oberkörper mit zwei kurzen Stummelarmen aufragt. Am seltsamsten sind die kastenförmigen Köpfe dieser Geschöpfe. Anstelle von Augen, Nase und Mund haben sie nur einen schmalen Schlitz im Gesicht.

Kaum sind die Wesen aus der Kiste gehüpft, schweben einige der leuchtenden Objekte herab, packen sich jeweils einen der Kastenköpfe und tragen ihn durch die Luft in Richtung der Hochhäuser davon.

»Es sieht aus, als wären die Wesen, die in der Kiste waren, Futter für die leuchtenden Insekten«, meint Dilara. »Ich hoffe, die kommen nicht auf die Idee, auch uns aufzufressen.«

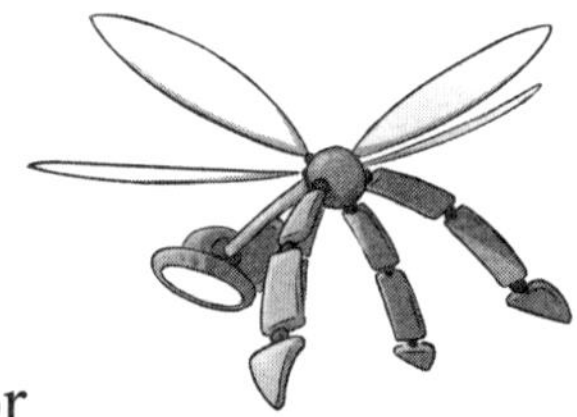

»Das glaube ich nicht«, widerspricht Felix. »Die Kastenköpfe scheinen keine Angst vor den Flugdingern zu haben. Vielleicht sind das Transportdrohnen, die sie irgendwo hinbringen.«

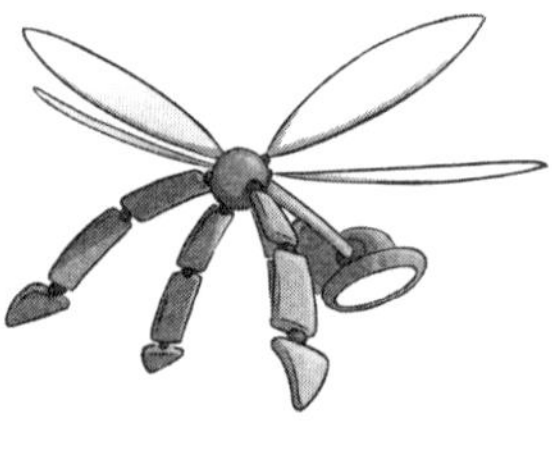

Als eine weitere Kiste eintrifft

und sich das Schauspiel wiederholt, bestätigt sich Felix' Theorie: Die Kastenköpfe steigen aus und lassen sich ohne jeden Anflug von Panik davontragen.

»Warum fragen wir sie nicht einfach?«, schlägt Bargel vor.

Die drei gehen zu der neu eingetroffenen Kiste, aus der weitere Kastenköpfe herauskommen. Als die Wesen sich nähern, stoßen sie ein rhythmisches Klackern aus.

»Was ist das?«, übersetzt Felix' Stirnband. »Oje, das müssen Kugelköpfe sein! Igitt, was für hässliche Dinger! Warum tut denn niemand etwas gegen dieses Ungeziefer? Hilfe!«

»Ihr müsst keine Angst vor uns haben«, sagt Felix. »Wir suchen bloß eine Ladestation für unseren Portalschlüssel.«

»Sie können dich nicht verstehen«, erklärt Bargel. »Zwar kann der Kommunikator ihre Worte für uns übersetzen, aber umgekehrt funktioniert das nur, wenn sie auch Kommunikatoren tragen.«

»Ich könnte einem von ihnen mein Stirnband leihen«, schlägt Dilara vor und nimmt ihren Kommunikator ab.

Doch als sie ihn den Kastenköpfen hinhält, schrecken diese zurück und ergreifen die Flucht.

»Zu Hilfe!«, übersetzt Felix' Stirnband ihre aufgeregten Rufe. »Der Kugelkopf greift an! Er wird uns alle töten! Rette sich, wer kann!«

Kurz darauf treffen mehrere der leuchtenden Flugobjekte ein und transportieren die Kastenköpfe ab, bis nur noch ein einziger übrig ist. Er dreht seinen Kopf hin und her, als halte er nach etwas Ausschau.

Vorsichtig geht Dilara auf das Wesen zu und hält ihm den Kommunikator hin. Es dreht seinen Kastenkopf in ihre Richtung, dann in die von Felix und Bargel. Sichtlich erschrocken weicht es zurück.

»Hab keine Angst«, sagt Dilara sanft. »Ich tue dir nichts. Das hier ist ein Kommunikator. Wenn du ihn um deinen Kopf legst, können wir miteinander sprechen.«

Sie macht es vor, indem sie das Stirnband aufsetzt und wieder abnimmt.

Zögernd streckt der Kastenkopf einen seiner Stummelarme danach aus, der immer länger wird. Jetzt fällt Felix auf, dass sein Kopf nicht exakt wie ein Würfel geformt ist. An einigen Stellen ist die Kante leicht schief und abgerundet, so, als habe er ein paar Beulen.

Der Kastenkopf legt sich das Stirnband um.

»Hallo!«, sagt Felix freundlich. »Hab keine Angst, wir tun dir nichts.«

»Ich … ich kann dich verstehen«, ruft der Kastenkopf verblüfft. »Seid ihr Kugelköpfe?«

»Nein«, erwidert Felix. »Mein Name ist Felix.

Wir sind Menschen vom Planeten Erde, jedenfalls Dilara, die dir ihren Kommunikator gegeben hat, und ich. Das da ist Bargel vom Planeten Dosenbier sieben oder so ähnlich.«

»Dosibar fünf, bitte!«, korrigiert Bargel.

»Wir sind durch ein Quantenportal hergekommen«, fährt Felix fort, »aber die Batterie unseres Portalschlüssels ist leer und deshalb suchen wir eine Ladestation. Weißt du zufällig, wo wir eine finden können?«

»Ich verstehe deine Worte, aber ich weiß nicht, was sie bedeuten«, erklärt der Kastenkopf. »Was ist das, *Planetenerde*? Was ist ein *Dilara*? Was ist ein *Kommunikator*? Was ist ein *Bargel*?«

»Du weißt doch, dass es außer eurer Welt noch andere Planeten im Weltraum gibt, oder?«, fragt Felix.

»Es gibt uns und es gibt die Kugelköpfe«, sagt

das Kastenwesen. »Da ihr nicht wie wir seid, müsst ihr Kugelköpfe sein. Kugelköpfe sind dumm und böse.«

»Wir sind keine Kugelköpfe und wir sind auch nicht dumm und böse«, widerspricht Felix. »Wir kommen aus einer anderen Welt. Einer Welt, in der es weder Kastenköpfe noch Kugelköpfe gibt. Verstehst du, was ich damit sagen will?«

»Es gibt keine andere Welt«, behauptet der Kastenkopf. »Du redest Unsinn. Kugelköpfe sind dumm und böse und reden nur Unsinn. Also bist du ein Kugelkopf.«

Felix seufzt. »Bargel, sag du doch auch mal was!«

»Diese Kugelköpfe, wie sehen die aus?«, will das Tentakelschwein wissen.

»Hässlich«, erwidert der Kastenkopf. »So wie ihr.«

»Haben sie Tentakeln?«, fragt Bargel weiter und wedelt mit seinen vier oberen Gliedmaßen.

»Nein«, gibt der Kastenkopf zu.

»Und haben sie Stielaugen und Auswüchse am Kopf wie ich? Oder lange Gliedmaßen mit jeweils fünf Fingern am Ende und seltsame Nasen wie meine Freunde hier?«

Der Kastenkopf wirkt verunsichert. »Nein. Ihre Körper sind wie unsere, aber ihre Köpfe … sind ganz rund. Eklig!«

»Na also, da hast du den Beweis«, stellt Bargel fest. »Wir sind keine Kugelköpfe.«

»Was seid ihr dann?«

»Wie Felix es dir gerade schon erklärt hat, kommen wir aus einer anderen Welt.«

»Es gibt keine andere Welt«, behauptet der Kastenkopf erneut.

»Ach nein?«, fragt Felix. »Und woher willst du das wissen?«

»Im Lernschlaf habe ich alles gelernt, was man

wissen kann. Wenn es andere Welten gäbe, wüsste ich es. Da ich davon nichts weiß, kann es sie nicht geben. Das ist doch logisch.«

»Das ist überhaupt nicht logisch«, widerspricht Felix. »Bevor du aus dieser Kiste da ausgestiegen bist, hast du da gewusst, dass es Wesen wie Bargel gibt mit vier Tentakeln, Stielaugen und solchen fächerförmigen Auswüchsen?«

»Nein.«

»Aber er steht hier vor dir, oder? Also gibt es etwas, von dem du nichts wusstest. Das bedeutet, dass du nicht alles weißt und es deshalb noch eine Menge andere Dinge gibt, von denen du bisher nie etwas gehört hast. *Das* ist logisch.«

Der Kastenkopf schweigt. Der Schlitz in seinem Kopf wird ganz schmal und Felix hat den Eindruck, als denke er angestrengt nach.

»Ich verstehe das nicht«, gibt der Kastenkopf zu.

»Ihr könnt nicht existieren, aber ihr existiert dennoch. Wie ist das möglich?«

»Es gibt viel mehr Dinge, als du glaubst«, erklärt Bargel. »Allein in unserer Galaxis existieren Hunderttausende Planeten mit intelligenten Lebensformen und unsere Galaxis ist nur eine von mehreren Billionen. Niemand kann alles wissen, was man da draußen entdecken kann.«

»Hört auf, mit mir zu reden!«, klackert der Kastenkopf. »Es kann euch nicht geben, denn was wir im Lernschlaf lernen, ist die einzige und vollständige Wahrheit. Also seid ihr nur Hirngespinste. Ich … ich muss verrückt geworden sein.« Er lässt seinen Kopf hängen. »Ich habe ja schon immer gewusst, dass etwas mit mir nicht stimmt.«

»Mit dir ist alles in Ordnung«, widerspricht Felix. »Wir sind keine Hirngespinste.«

»Mit mir soll alles in Ordnung sein?«, gibt der

Kastenkopf zurück. »Machst du Witze? Schau mich doch an!«

»Was ist denn mit dir?«

»Kannst du nicht sehen, wie … wie schief und … krumm mein Kopf ist? Ich bin fast so hässlich wie ihr! Die anderen verspotten mich deswegen. Und sie haben offensichtlich recht: In einem schiefen Kopf sind nur schiefe Gedanken.«

»Wie heißt du eigentlich?«, fragt Felix.

Der Kastenkopf stößt ein Geräusch aus, das wie **»Huuplu«** klingt.

»Hör mir zu, Huuplu: Ich weiß, wie es sich anfühlt, wenn sich die anderen über einen lustig machen. Mir ging es bis vor Kurzem genauso. Aber dann habe ich Bargel kennengelernt und seine Freunde Lysia und Thorax und zu viert haben wir eines der besten Teams bei den *Galactic Games* geschlagen. Das haben wir nur geschafft, weil wir alle vier sehr unterschiedlich sind und sich unsere Stärken und Schwächen gegenseitig ergänzen. Also solltest du nicht traurig sein, weil du keinen perfekten Kastenkopf hast, sondern stolz!«

»Felix hat recht«, stimmt Bargel zu. »Keine Lebensform ist wie die andere und das ist gut so. Und auch innerhalb der einzelnen Spezies gibt es viele Unterschiede.«

»Aber Unterschiede sind schlecht!«, widerspricht Huuplu. »Nur Gleichheit ist gut. Deshalb hassen wir die Kugelköpfe: Weil sie anders sind als wir.«

»Hast du denn schon mal mit einem Kugelkopf gesprochen?«, fragt Felix.

»Wie sollte ich? Wenn wir Kugelköpfe sehen, müssen wir sofort Alarm schlagen. Dann kommen die Begradiger und entfernen das Ungeziefer. Ah, da sind sie ja schon!«

Lautes Dröhnen erklingt hinter Felix. Als er sich

umdreht, sieht er mehrere große Fluggeräte, die hinter einem der riesigen Türme hervorschweben und sich rasch nähern.

»Ich fürchte, die sind unseretwegen hier!«, stellt Bargel fest.

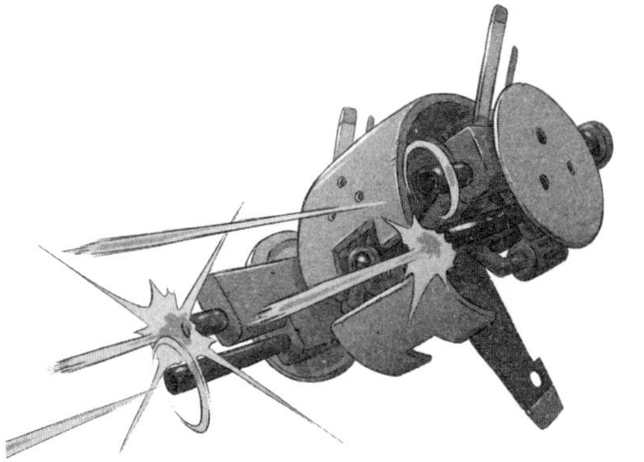

Im Untergrund

Felix sieht sich gehetzt um. Nicht weit entfernt erhebt sich einer der Türme. Sollen sie versuchen, dort hineinzufliehen? Doch was, wenn die Tür verschlossen ist? Und selbst wenn nicht: Im Inneren eines solchen Gebäudes wären sie gefangen.

»Folgt mir!«, ruft er und rennt in die andere Richtung, wo sich ein kleiner Wald aus großen Pilzgewächsen erhebt.

»Was ist denn los?«, will Dilara wissen. »Was hat der Kastenkopf gesagt?«

»Später! Jetzt lauf!«

Ein grellroter Lichtstrahl blitzt neben Felix auf und setzt einen der Pilze in Brand. Die Drohnen schießen offenbar mit Laserstrahlen auf sie!

Felix rennt, so schnell er kann. Endlich erreicht er den Wald. Die seltsamen Gewächse haben rote Stiele, aus denen hellgraue halbkugelförmige Auswüchse herausragen. Kleine schwarze Käfer krabbeln an den Unterseiten entlang. Ein unangenehmer Geruch nach Fäulnis schlägt ihm entgegen, doch er ignoriert ihn und hastet weiter ins Innere des Waldes.

Außer Atem sieht Felix sich um. Seine Freunde sind dicht hinter ihm. Er kann die Drohnen hören, die über dem Pilzwald schweben,

aber er kann sie nicht sehen und sie ihn offenbar auch nicht. Keuchend hält er an. Fürs Erste scheinen sie in Sicherheit zu sein, doch das dürfte ihnen kaum mehr als eine kurze Atempause verschaffen. Der Pilzwald ist nicht besonders groß und es kann nicht lange dauern, bis sie darin entdeckt werden.

»Igitt!«, ruft Dilara. »Hier stinkt es ja fürchterlich!«

»Hier riecht es lecker!«, sagt Bargel. »Nach frischem Stinksalat.« Er bricht ein Stück von einem der Gewächse ab und stopft es sich in den Mund. Dann spuckt er es rasch wieder aus. »Iiih! Riecht zwar gut, schmeckt aber schrecklich!«

Felix erklärt Dilara kurz, was sie mit Huuplu besprochen haben.

»Was machen wir jetzt?«, fragt sie.

Felix gibt die Frage an Bargel weiter.

»Ich bezweifle, dass die hier eine Ladestation haben«, meint das Tentakelschwein. »So, wie es aussieht, ist dieser Planet noch rückständiger als die Erde. Die wissen ja nicht einmal, dass es außer ihrem noch andere Planeten gibt.«

Felix blickt Bargel erschrocken an. »Das heißt, wir sitzen für immer hier fest?«

»Nein, das heißt, mir bleibt nichts anderes übrig, als Hilfe zu rufen«, sagt Bargel. »Das ist dann wohl das Ende von Team Tentakelfaust. Es war mir eine Ehre, mit dir gespielt zu haben, Felix.«

»Mir auch, Bargel«, erwidert Felix mit einem dicken Kloß im Hals.

In diesem Moment nimmt er hinter einem der Pilzstämme eine Bewegung wahr. Er bekommt einen Schreck und will bereits weglaufen, doch dann erkennt er Huuplu, der ihnen offenbar gefolgt ist.

»Was machst du denn hier?«, fragt Felix.

»Ich bin verwirrt«, antwortet der Kastenkopf. »Ich dachte, es gibt euch nicht. Aber wenn es euch nicht gäbe, würden die Begradiger nicht versuchen, euch zu vernichten. Wenn es euch jedoch gibt, kann das, was wir im Lernschlaf lernen, nicht die einzige und vollständige Wahrheit sein. Und was kann ich dann noch glauben? Vielleicht ist ja auch nicht wahr, was die anderen gesagt haben: Dass in einem schiefen Kopf nur schiefe Gedanken sind.« Der Schlitz des Kastenkopfs wird etwas breiter, was möglicherweise seine Art ist zu lächeln. »Vielleicht ist es gar nicht so schlimm, dass mein Kopf ein bisschen schief ist.«

»Kannst du uns irgendwo hinbringen, wo uns diese Begradiger nicht finden können?«, fragt Felix.

»Nein«, erwidert Huuplu. »Die Kugelköpfe leben in Erdlöchern, wo sie sich vor den Begradigern verstecken. Aber dort seid ihr nicht sicher, denn die Kugelköpfe sind böse. Oder stimmt das etwa auch nicht?«

»Weißt du, wo eines dieser Erdlöcher ist?«, fragt Felix.

»Nein«, gibt Huuplu zu.

»Ich glaube, ich höre einen«, sagt Bargel. »Kommt mit!«

Er verschwindet zwischen ein paar Pilzstängeln. Felix wundert sich zunächst über Bargels Aussage, doch dann fällt ihm wieder ein, dass das Tentakelschwein eine Art Ultraschall-Radar besitzt. Zusammen mit Dilara und Huuplu folgt er ihm rasch.

Kurz darauf stehen sie vor einem Loch im Boden, das wie der Eingang eines Tunnels aussieht, der schräg nach unten verläuft. Es ist groß genug, dass Felix auf allen vieren hineinkriechen kann. Doch sollte er das wirklich riskieren?

»Kannst du hören, was im Inneren dieses Tunnels ist?«, will Felix wissen.

»Der Tunnel scheint nicht sehr lang zu sein. Er führt in einer Spirale in die Tiefe. Am Ende höre ich … Stimmen. Ich kann nicht genau verstehen, was sie sagen, aber es klingt wie die Sprache von Huuplu.«

»Das heißt, da unten sind Kastenköpfe?«, fragt Felix.

»Das weiß ich nicht«, erwidert Bargel.

»Huuplu, sprechen die Kugelköpfe eure Sprache?«, wendet sich Felix an den Kastenkopf.

»Ja. Aber man darf ihnen nicht glauben! Jedenfalls habe ich das so gelernt.«

»Bist du sicher, dass es eine gute Idee ist, da runterzuklettern?«, fragt Dilara, nachdem Felix ihr den Dialog übersetzt hat.

»Wenn wir hier oben bleiben, werden wir sicher bald geschnappt«, entgegnet er.

Sie beschließen, dass Bargel vorauskriecht, da er die beste Wahrnehmung hat und Gefahren schneller erkennen kann. Zu Felix' Erstaunen ist auch Huuplu bereit, in den Tunnel zu steigen.

»Es ist seltsam«, erklärt er. »Doch jetzt zweifle ich auf einmal an allem, was ich mein Leben lang geglaubt habe. Und ich spüre einen starken Drang, die Wahr-

heit herauszufinden, obwohl man mir beigebracht hat, dass das ungesund ist.«

»Die Wahrheit ist niemals ungesund«, erwidert Felix. »Aber es ist bestimmt nicht einfach für dich, all die Lügen hinter dir zu lassen. Du bist sehr mutig und tapfer, Huuplu!«

»Das hat noch nie jemand zu mir gesagt.« Der Schlitz in seinem Gesicht wird breiter. »Es fühlt sich sehr gut an!«

Sie kriechen in den Tunnel, der sich spiralförmig in die Tiefe windet, wie es Bargel vorausgesagt hat. Schließlich gelangen sie in eine geräumige Höhle, in der eine kleine Gruppe von Wesen versammelt ist. Sie sehen genauso aus wie Huuplu, nur sind ihre Köpfe nicht würfelförmig, sondern rund. Allerdings haben sie eher die Form eines Eis als einer Kugel. Also müssten die Wesen eigentlich Eierköpfe heißen.

Als die Kugelköpfe sie erblicken, rufen sie aufgeregt durcheinander:

»Alarm! Wir sind entdeckt worden!«

»Hilfe! Begradiger in der Höhle!«

»Unsinn, die sehen doch nicht aus wie Begradiger!«

»Aber da ist ein Kastenkopf bei ihnen!«

»Rette sich, wer kann!«

Die Kugelköpfe fliehen in Richtung eines Tunnels auf der anderen Seite der Höhle.

»Wartet!«, ruft Huuplu. »Ihr müsst keine Angst vor uns haben. Wir wollen euch nichts tun.«

Die Kugelköpfe bleiben stehen. Sie ziehen die Enden der Schlitze in ihren runden Köpfen nach unten, sodass ihre Gesichter an traurige Smileys erinnern. Doch vermutlich bedeutet das bei den Kugelköpfen etwas anderes – Misstrauen vielleicht.

»Was wollt ihr dann?«, fragt einer der Kugelköpfe.

Bargel nimmt sein Stirnband ab und reißt es in der Mitte durch. Dann fügt er die Enden einer Hälfte zusammen und legt sie sich wieder um den Kopf. Schließlich verbindet er auch die andere Hälfte zu einem Ring und reicht ihn dem Kugelkopf.

Erst jetzt fällt Felix wieder ein, dass Lysia das neulich genauso gemacht hat, als Ariana sein Stirnband gestohlen hatte. Warum hat er bloß nicht eher daran gedacht? Er zerteilt sein Stirnband ebenfalls und gibt eine Hälfte Dilara.

»Wow!«, ruft sie erstaunt aus, nachdem sie ihr Band zusammengesetzt und um die Stirn gelegt hat. »Das ist ja cool! Wenn man das Band auf diese Weise verdoppeln kann, könnte man ja unendlich viele davon herstellen. Stell dir mal vor, wenn alle Menschen einander auf einmal verstehen würden!«

»Unendlich oft kann man den Kommunikator

nicht teilen«, erklärt Bargel. »Jedes Mal wenn man ihn halbiert, wird seine Leistung schwächer. Irgendwann machen die Kopien dann Übersetzungsfehler und schließlich funktionieren sie gar nicht mehr.«

Der Kugelkopf betrachtet das goldene Stirnband, das Bargel ihm gegeben hat.

»Was ist das?«, fragt er.

»Setz es auf!«, fordert ihn Huuplu auf. »Damit kannst du die Sprache dieser Wesen verstehen.«

»Ich traue dir nicht«, widerspricht der Kugelkopf. »Du bist ein Kastenkopf. Kastenköpfe sind dumm und böse und lügen immer!«

»Dasselbe hat man mir über euch Kugelköpfe beigebracht«, gibt Huuplu zurück. »Aber dann sind diese Fremden erschienen und haben mir klargemacht, dass alles, was ich im Lernschlaf gehört habe, Lügen sind.«

»Und woher soll ich wissen, dass das stimmt?«

»Leg das Band um deinen Kopf und rede mit ihnen«, sagt Huuplu. »Dann wirst du es verstehen, so wie ich.«

»Vielleicht sollten wir es wirklich versuchen«, meint einer der anderen Kugelköpfe. »Ich habe noch nie einen Kastenkopf sagen hören, dass er im Lernschlaf nur belogen wurde.«

»Das könnte ein Trick sein!«, wirft ein anderer ein. »Womöglich können diese Bänder unsere Gedanken kontrollieren.«

»Hört mir zu, Kugelköpfe!«, ruft Huuplu. »Ich verstehe, dass ihr mir nicht vertraut. Ich habe bis vor Kurzem auch geglaubt, dass ihr dumm und böse seid und man euch nicht trauen kann. Und trotzdem bin ich jetzt hier.«

»Ja, warum bist du hergekommen, wenn du uns nicht hereinlegen willst? Kastenköpfe sind feige!«

»Das stimmt, wir haben Angst vor euch Kugelköpfen«, gibt Huuplu zu. »Doch diese Angst beruht auf den Lügen, die wir im Lernschlaf hören. Als mir das klar wurde, musste ich die Wahrheit über euch Kugelköpfe herausfinden. Deshalb habe ich mich hergewagt.«

»Meinst du … es könnte wahr sein?«, fragt einer der Kugelköpfe.

»Du meinst, dass er geheilt ist?«, erwidert ein anderer.

»Unmöglich!«, widerspricht ein dritter. »Kastenköpfe sind unheilbar!«

»Aber sein Kopf ist nicht ganz kastenförmig, siehst du?«

»Du hast recht! Vielleicht ist er es!«

»Vielleicht bin ich wer?«, will Huuplu wissen.

»Vielleicht bist du der Geheilte aus der Prophezeiung«, antwortet der Kugelkopf mit dem Stirnband in der Hand. »Also schön, ich riskiere es.«

Er legt das Stirnband um.

»Danke für dein Vertrauen«, sagt Felix.

»Ich … verstehe tatsächlich seine Sprache!«, ruft der Kugelkopf aus. »Der Kastenkopf hat nicht gelogen!«

Es entwickelt sich eine längere Diskussion, bei der Felix die Kugelköpfe nach und nach davon überzeugen kann, dass Dilara, Bargel und er tatsächlich aus fremden Welten stammen. Umgekehrt erfahren sie viel über den Planeten, auf dem sie gestrandet sind.

Es stellt sich heraus, dass auch die Kastenköpfe bei ihrer Geburt einen runden Kopf haben. Aber schon als Neugeborene werden sie zum Schlafen immer in Lernschlafkammern gelegt. Darin wird ihr Kopf nach und nach zu der Kastenform gepresst, die auch Huuplu hat. Weil das sehr schmerzhaft ist, fliehen manche Kinder aus den Lernschlafkammern und verstecken sich im Untergrund. Doch sobald sie sich an die Oberfläche wagen, werden sie von den Begradigern erbarmungslos gejagt.

»Das bedeutet also, eure natürliche Kopfform ist rund«, stellt Felix fest. »Aber warum tut man euch das an? Wer bestimmt, dass alle Kinder in diese schrecklichen Lernschlafkammern gesperrt werden?«

»Das … das geschieht auf Befehl des Hüters der

Weisheit«, erwidert Huuplu. Er wirkt erschüttert von dem, was der Kugelkopf, der sich Gotu nennt, ihnen erzählt hat.

»Ist das euer Anführer?«, fragt Felix.

»Der Hüter der Weisheit ist der Klügste und Weiseste von uns allen. Und weil er der Klügste und Weiseste ist, bestimmt nur er allein, was richtig und was falsch, was gut und was böse ist. Er sagt uns, was wir tun sollen, und wir tun es. Das wird uns im Lernschlaf beigebracht.«

»Mir scheint, dieser sogenannte Hüter der Weisheit ist ein böser Diktator«, stellt Dilara fest. »Die Lernschlafkammern sind nur dazu da, euch zu gefügigen Sklaven zu machen.«

»Das widerspricht allem, was ich in meinem ganzen Leben gelernt habe«, sagt Huuplu. Er lässt seinen Kastenkopf hängen. »Aber da das alles Lügen waren, bedeutet es wohl, dass ihr recht habt.«

»Du … du bist wirklich geheilt!«, ruft Gotu aus. »Die Prophezeiung ist wahr!«

»Was für eine Prophezeiung?«, fragt Felix.

»Die Prophezeiung besagt, dass eines Tages ein Kastenkopf zu uns kommen wird, der von den Lügen, die ihm in der Lernschlafkammer eingeimpft wurden, geheilt ist. Er wird uns in die Freiheit führen!«

»Aber … aber ihr seid doch schon frei«, meint Huuplu. »Im Gegensatz zu uns Kastenköpfen könnt ihr tun und lassen, was ihr wollt.«

»Wir sind erst frei, wenn wir in die Stadt zurückkehren können und uns nicht mehr vor den Begradigern verstecken müssen«, widerspricht Gotu. »Erst wenn der Hüter der Weisheit gestürzt wurde und die Lernschlafkammern zerstört sind, erlangen wir wahre Freiheit. Erst wenn die Revolution vollendet wurde, ist die Prophezeiung erfüllt!«

Der Hüter der Weisheit

»Es lebe Huuplu, der Geheilte!«, rufen die Kugelköpfe. »Es lebe die Revolution!«

Huuplu allerdings scheint sich in seiner neuen Rolle als Hauptfigur in einer Prophezeiung unwohl zu fühlen. »Wie funktioniert das eigentlich, Revolution?«

Die Kugelköpfe wirken ratlos.

»Das wissen wir auch nicht«, gibt Gotu zu. »Die Prophezeiung besagt, dass du die Revolution beginnen und uns in die Freiheit führen wirst. Mehr nicht.«

Huuplu wendet sich an Felix, Dilara und Bargel.

»Wisst ihr vielleicht, wie man eine Revolution macht?«

»Klar«, sagt Bargel. »Man tötet einfach alle, die sich gegen die Revolution stellen.«

»Das ist es!«, ruft Gotu aus. »Wir müssen alle Kastenköpfe töten! Nieder mit den Unterdrückern! Tod den Kastenköpfen!«

Die anderen Kugelköpfe stimmen in den Ruf ein: »Tod den Kastenköpfen! Tod den Kastenköpfen!«

Huuplu scheint sehr unglücklich zu sein. Er hat wohl nicht die geringste Lust, eine Revolution anzuführen, bei der alle seine Artgenossen umgebracht werden.

»Moment mal!«, schaltet sich Dilara ein und hebt die Arme. »Nicht immer müssen bei einer Revolution Menschen … ich meine, Lebewesen sterben. Es gibt auch friedliche Revolutionen.«

»Eine friedliche Revolution?«, fragt Bargel skeptisch. »Wie soll das denn gehen?«

»Eine friedliche Revolution findet statt, wenn sich die Untergebenen einig sind, dass der Herrscher abtreten muss«, erklärt sie. »Kein Herrscher kann ohne die Zustimmung des Großteils seiner Untergebenen regieren. Dieser Hüter der Weisheit hat nur deswegen Macht, weil alle glauben, dass er der Klügste und Weiseste ist. Ihr müsst also nur die Kastenköpfe davon überzeugen, dass das, was ihnen im Lernschlaf beigebracht wurde, Lügen sind. Wenn sie das erkennen, können sie den Hüter der Weisheit einfach absetzen.«

»Und das funktioniert wirklich?«, fragt Huuplu.

»Ja. Das Land auf der Erde, aus dem Felix und ich stammen, war einmal geteilt. Doch dann gab es eine friedliche Revolution und jetzt ist es wiedervereint. Dabei wurde niemand getötet.«

»Aber wie sollen wir das machen? Wie sollen wir den anderen Kastenköpfen klarmachen, dass das, was sie im Lernschlaf hören, nur Lügen sind?«

»Wir haben doch dich überzeugen können«, antwortet Felix. »So müssen wir es auch mit den anderen machen.«

»Es dürfte aber ziemlich lange dauern, bis wir alle Kastenköpfe auf unsere Seite gebracht haben«, meint Dilara.

»Hast du eine bessere Idee?«, fragt Felix.

»Dieser Streit zwischen den Kasten- und Kugelköpfen ist nicht unsere Angelegenheit«, stellt Bargel klar. »Auf diesem Planeten scheint es keine Ladestation zu geben. Also kann ich ebenso gut jetzt gleich Hilfe herbeirufen. Dann kriege ich zwar eine Menge Ärger, doch wir kommen wenigstens wieder nach Hause.«

»Aber wenn ihr fort seid, wie soll ich dann den anderen Kastenköpfen verständlich machen, dass das, was wir im Lernschlaf erfahren, nicht die Wahrheit ist?«, wendet Huuplu ein.

Felix und Dilara sehen sich an. »Wir helfen dir!«, sagen sie beide gleichzeitig.

»Moment mal, werde ich denn gar nicht mehr gefragt?«, meckert Bargel.

»Was denkst du denn?«, gibt Dilara zurück. »Sollen wir Huuplu und die Kugelköpfe mit ihrem Problem etwa alleinlassen?«

Bargel rauft sich nervös mit zwei Tentakeln die Fächer an seinem Kopf. »Nein«, meint er schließlich. »Wir können es ja wenigstens versuchen.«

»Huuplu, am besten rufst du eine große Gruppe von Kastenköpfen zusammen und hältst eine Rede«, schlägt Felix vor. »Du sagst ihnen, dass sie im Traumschlaf belogen werden, dass die Kugelköpfe weder dumm noch böse sind und dass der Hüter der Weisheit nicht der Klügste und Weiseste ist, sondern ein böser Diktator. Und wenn sie dir nicht glauben, kommen wir dazu und beweisen, dass es stimmt.«

»Also gut«, erwidert der Kastenkopf. Er klingt unsicher.

»Hurra!«, rufen die Kugelköpfe. »Es lebe Huuplu, der Geheilte! Es lebe die Revolution!«

Etwas später verstecken sich die Freunde hinter einem Gebüsch aus Pilzgewächsen am Rande des kleinen Wäldchens. Huuplu steht vor einem halben Dutzend

Kastenköpfen, die er rasch zusammengetrommelt hat. Die große Menge, die sich Felix vorgestellt hatte, ist das nicht gerade. Aber immerhin ist es ein Anfang.

»Was willst du von uns?«, fragt einer der Versammelten. »Ich bin müde und will mich endlich in meinen Lernschlafkasten legen.«

»Ja, ich auch«, stimmt ein anderer zu. »Der Lernschlaf ist erfrischend und er macht klug und weise.«

»Eben nicht!«, widerspricht Huuplu. »Ich habe euch zusammengeholt, um euch zu sagen, dass das, was euch im Lernschlaf beigebracht wird, nur Lügen sind.«

»Was?«, ruft einer der Kastenköpfe empört. »Du bist ja wohl verrückt geworden!«

»Was wir im Lernschlaf lernen, ist die einzige und vollständige Wahrheit!«, fügt ein anderer hinzu.

»Das ist nicht wahr!«, widerspricht Huuplu. »Im Lernschlaf hören wir, die Kugelköpfe seien dumm und böse. Doch in Wirklichkeit sind sie genau wie wir.«

»Das ist ja wohl der größte Blödsinn, den ich je gehört habe!«, grölt der erste Kastenkopf. »Kugelköpfe sind hässlich, dumm und böse! Das weiß doch jeder!«

»Kein Wunder, dass Huuplu die Kugelköpfe toll findet«, ätzt ein anderer. »So verbeult, wie sein Kopf ist, sieht er ja selbst fast wie einer von ihnen aus!«

»Kugelkopf! Kugelkopf!«, skandieren die Kastenköpfe. »Huuplu ist ein Kugelkopf!«

Felix seufzt. Der Beginn der Revolution läuft überhaupt nicht so, wie er es sich vorgestellt hat.

»So hört mir doch zu!«, versucht Huuplu verzweifelt, die Menge zu beruhigen. »Angeblich ist das, was uns im Lernschlaf beigebracht wird, die einzige und vollständige Wahrheit. Aber wir haben noch nie etwas von fremden Welten gehört, die von seltsamen Lebewesen bewohnt werden, stimmt's?«

»Klar, weil es solche fremden Welten nicht gibt, du Spinner!«, gibt einer der Zuhörer zurück.

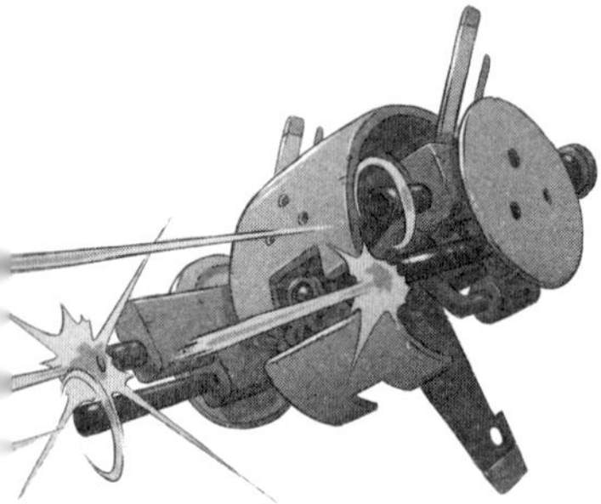

»Es gibt sie doch und ich werde es euch beweisen! Das hier sind meine Freunde. Sie kommen von einem fremden Planeten!«

Auf ihr Stichwort treten die drei aus ihrem Versteck hervor.

Die Kastenköpfe stoßen erstaunte Laute aus. Dann rufen sie aufgeregt durcheinander:

»Igitt! Was sind das denn für hässliche Dinger?«

»Das sind Kugelköpfe! Rette sich, wer kann!«

»Hilfe! Wir brauchen dringend Begradiger!«

Verzweifelt hebt Huuplu die Arme. »Nein, nein! Das sind keine Kugelköpfe! Das sind …«

Doch die Kastenköpfe beachten ihn nicht mehr, sondern ergreifen die Flucht. Schlimmer noch: Ein lautes Dröhnen erklingt auf einmal aus allen Richtungen. Ein Dutzend riesiger Drohnen fliegt heran. Als Felix und seine Freunde zusammen mit Huuplu zurück in den Pilzwald fliehen wollen, feuern die

Fluggeräte ihre Laserstrahlen ab und stecken die Gewächse in Brand, sodass ihnen der Fluchtweg abgeschnitten wird. Dann werden sie von metallenen Greifarmen gepackt und in die Luft gerissen.

Kurz darauf schweben sie über einem Balkon Hunderte Meter über dem Boden der gigantischen Höhle. An die hundert Kastenköpfe stehen in mehreren Reihen darauf. Jeder hält einen kurzen Stock in seinen Stummelarmen, wahrscheinlich irgendeine Waffe.

Felix und die anderen werden unsanft abgeworfen und von den Kastenköpfen durch eine große Tür ins Innere des riesigen Turms geführt. Zwei Wachen sind links und rechts einer Art Kiste postiert, auf der ein einzelner Kastenkopf sitzt. Sein Kopf wirkt riesig und als einziger Bewohner dieser Welt trägt er Kleidung: ein weites weißes Gewand, das er sich wie eine römische Toga um den

Körper gewickelt hat. Das muss der Hüter der Weisheit sein.

Die vier Gefangenen werden vor das Podest gezerrt.

Der Anführer der Kastenköpfe wendet sich an Huuplu, der demütig seinen Kopf senkt.

»Wer bist du und warum verbreitest du Lügen und versetzt das Volk in Angst und Schrecken?«

»Mein Name ist Huuplu, Eure Weisheit! Mir ist … klar geworden, dass … das, was wir im Lernschlaf hören, nicht die Wahrheit ist.«

»So, so. Du glaubst also, die Wahrheit besser zu kennen als ich, das weiseste und klügste Wesen der Welt?«

Felix würde am liebsten dazwischengehen, doch das würde wohl nicht viel bringen. Denn der Hüter der Weisheit hat keinen Kommunikator und könnte daher ohnehin nicht verstehen, was er sagt.

»Ich, äh, also«, stammelt der eingeschüchterte Huuplu. »Im Lernschlaf haben wir noch nie etwas von anderen Welten gehört, auf denen fremdartige Wesen leben. Aber es gibt diese Wesen. Also kann … kann das, was uns im Lernschlaf beigebracht wird, nicht die einzige und ganze Wahrheit sein, Eure Weisheit!«

»Unsinn!«, ruft der Hüter der Weisheit. »Es gibt weder andere Welten noch fremde Lebewesen.«

»Aber … aber dort stehen sie doch!«

Huuplu deutet mit seinen Stummelarmen auf Felix, Dilara und Bargel. Ein verwundertes Klackern geht durch die Menge der Kastenköpfe.

Der Hüter der Weisheit dreht seinen Kopf in Felix' Richtung.

»Ich sehe keine fremden Lebewesen!«, behauptet er. »Das sind Hirngespinste! Du bist offensichtlich verrückt!«

Felix geht auf den Anführer der Kastenköpfe zu. Er nimmt sein Stirnband ab, zerreißt es, fügt die beiden Hälften zu zwei Ringen zusammen, legt sich einen davon wieder um und streift den anderen über den riesigen Kopf des Hüters der Weisheit. Der lässt es geschehen und auch die anderen Kastenköpfe greifen nicht ein. Zuerst wundert sich Felix darüber, dass niemand ihn aufhält. Doch dann wird ihm klar, warum: Der Hüter der Weisheit hat gerade behauptet, er sehe Felix nicht und jeder, der etwas anderes sage, sei verrückt. Also muss er so tun, als sei Felix gar nicht da. Die anderen Kastenköpfe trauen sich offenbar nicht zuzugeben, dass sie Felix sehen können.

»Ich bin kein Hirngespinst, du Lügner!«, stellt er klar.

Der Hüter der Weisheit reagiert nicht darauf. Stattdessen deutet er auf Huuplu und ruft: »Bringt den Verräter in die Lernschlafkammer und lasst ihn so lange darin, bis er die Wahrheit erkennt!«

Die beiden Wachen packen Huuplu.

»Nein!«, schreit dieser. »Ich will keine weiteren Lügen hören! Bitte nicht!«

Felix umfasst den würfelförmigen Kopf des Hüters der Weisheit und brüllt ihn an: »Befiehl deinen Leuten sofort, dass sie Huuplu loslassen sollen, oder ich …«

Er stutzt. Der Kopf des Hüters der Weisheit fühlt sich seltsam an, nachgiebig, fast wie …

Mit einem Ruck reißt er an dem Kopf und hält plötzlich einen leeren Würfel in der Hand, der so leicht wie ein graublau bemalter Pappkarton ist. Darunter kommt ein kleinerer Kopf zum Vorschein. Doch dieser ist nicht rechteckig, sondern eiförmig.

Der Anführer der Kastenköpfe ist in Wahrheit ein maskierter Kugelkopf!

Das Geheimlabor

Erschrockene Rufe erklingen ringsum: »**Bei den heiligen Würfeln!** Der Hüter der Weisheit ist ein Kugelkopf! Verrat! Betrug!«

»Nein, nein!«, ruft der Anführer. »Ihr täuscht euch! Ich bin ein Kastenkopf wie ihr!«

»Lügner!«, brüllt Huuplu. »Betrüger!«

»Betrüger!«, stimmen die anderen Kastenköpfe mit ein. »Betrüger! Betrüger! Tötet ihn! Tötet ihn!«

Sie zücken ihre Stöcke und wollen sich auf den Hüter der Weisheit stürzen.

»Halt!«, ruft Huuplu. »Dies ist eine friedliche Revolution! Da wird niemand getötet!«

Die Kastenköpfe sehen ihn verdutzt an.

»Echt jetzt?«, fragt einer.

»Bitte tut mir nichts!«, jammert der Hüter. »Ich gebe alles zu! Aber bitte lasst mich am Leben!«

»Es stimmt also?«, will einer der Kastenköpfe wissen. »Alles, was wir im Lernschlaf hören, sind Lügen? Rede, Betrüger!«

»Nicht alles sind Lügen, aber manches«, gibt der Kugelkopf zu. »Und was ihr dort lernt, ist natürlich nicht die ganze Wahrheit. Niemand kann *alles* wissen. Wenn man außerhalb der Höhle ist und die Sonne hinter dem Horizont versinkt, kann man am Himmel viele kleine Lichter sehen. Dies sind andere Sonnen, sehr weit entfernt, und um manche von ihnen kreisen Planeten wie unserer. Vor langer Zeit ist ein Raumschiff von einem dieser Planeten hier abgestürzt.

Wissenschaftler fanden die Überreste und entdeckten darin viel geheimes Wissen, das es ihnen ermöglichte, die Lernschlafkammern und die Begradiger zu bauen.«

»Aber warum haben sie dieses Wissen nicht mit den anderen geteilt?«, fragt Huuplu. »Warum haben sie die Lernschlafkammern so gebaut, dass sie uns lauter Lügen erzählen?«

»Als diese Wissenschaftler das Raumschiff aus dem Weltall untersuchten, fanden sie heraus, dass es schon sehr lange unterwegs gewesen war. Die Wesen, die es gebaut hatten, waren längst tot. Sie hatten ihre eigene Welt in ihrer Gier und ihrem Größenwahn zerstört, sodass sie dort nicht mehr leben konnten. Daraufhin hatten einige von ihnen versucht, mit Raumschiffen zu anderen Planeten zu fliehen. Unsere Wissenschaftler erkannten, dass das Wissen, über das die Fremden verfügten, gefährlich ist. Es könnte sogar unsere Welt vernichten, wenn es in falsche Hände gerät. Und so beschlossen sie, es geheim zu halten.«

»Und woher weißt du das alles?«, fragt Huuplu.

»Der Hüter der Weisheit ist nicht nur *eine* Person«, erklärt der Kugelkopf. »Es gibt etwa ein Dutzend von uns. Wir sind die Nachfahren jener Wissenschaftler. Wir wechseln uns dabei ab, in der Öffentlichkeit die Rolle des Hüters zu spielen. Und wir geben unser Wissen von Generation zu Generation weiter, um die Stabilität und den Frieden in dieser Welt zu erhalten. So, wie wir es von unseren Vätern übermittelt bekommen haben. Deshalb erzählen wir euch im Lernschlaf Lügen: Um euch vor der Wahrheit und vor eurer eigenen Dummheit zu beschützen. Wir haben dabei eure Köpfe in Kastenform gepresst, damit man sofort erkennen kann, ob ihr auch wirklich jede Nacht in der Lernschlafkammer verbringt und nicht etwa auf eigene Gedanken kommt. Deshalb mussten wir auch die entflohenen Kugelköpfe jagen, damit sie nicht die Wahrheit herausfinden. Ich gebe zu, ich habe immer Zweifel gehabt, ob das, was wir tun, richtig ist. Nun kennt ihr die Wahrheit und könnt über uns urteilen.«

Der Kugelkopf senkt demütig sein Haupt.

Die Kastenköpfe reden wild durcheinander, sodass der Kommunikator Schwierigkeiten zu haben scheint, ihre Worte zu übersetzen. Aber es ist auch so erkennbar, dass sie sehr verwirrt sind und kaum begreifen können, was ihr bisheriger Anführer ihnen gerade erzählt hat.

Felix streift das goldene Band von der Maske des Hüters der Weisheit ab und reicht es dem Kugelkopf, der es zögernd umlegt.

»Die Technologie, die ihr in dem Raumschiff gefunden habt, wo ist die?«, fragt er.

»Jetzt kann ich deine Worte verstehen!«, ruft der

Kugelkopf aus. »Das ist erstaunlich! Wir könnten so viel von euch lernen …« Er stößt ein Geräusch aus, das verdächtig nach einem Seufzer klingt. »Um deine Frage zu beantworten: Es gibt ein geheimes Labor in diesem Gebäude, in dem sich auch die anderen Hüter der Weisheit verstecken. Dort bewahren wir alles auf, was unsere Vorfahren damals gefunden haben.«

»Kannst du uns dorthin führen?«

»Ja, wenn die anderen mir das erlauben«, erwidert der Hüter der Weisheit.

Felix bespricht seine Idee mit Huuplu, der dafür sorgt, dass eine Gruppe von bewaffneten Kastenköpfen den Hüter, ihn und seine Freunde begleitet. Sie verlassen den Saal, marschieren einen Flur entlang und erreichen einen Schacht. Darin bläst ein so starker Wind von unten nach oben, dass sie davon mitgerissen und emporgetragen werden – anscheinend funktionieren auf diesem Planeten so Fahrstühle. Auf diese

Weise gelangen sie in ein höheres Stockwerk und über einen kleinen Korridor zu einer Tür. Als der Hüter der Weisheit eine Platte daneben berührt, öffnet sie sich und gibt den Weg in einen großen hell erleuchteten Raum frei. Hohe Metallregale stehen an den Wänden. In der Mitte befindet sich ein riesiges Podest, auf dem einige große Metalltrümmer verteilt sind – offenbar die Überreste des Raumschiffs.

Eine Gruppe von Kugelköpfen beugt sich gerade über einen kleineren Tisch, auf dem ein undefinierbares Objekt liegt. Als sie die Neuankömmlinge bemerken, stoßen sie Schreckensschreie aus.

»Eindringlinge!«, rufen sie. »Eindringlinge sind im Heiligtum!«

»Beruhigt euch, meine Brüder!«, sagt der Hüter der Weisheit. »Der Tag ist gekommen, den wir schon seit Langem gefürchtet haben: Unsere Verschwörung ist aufgedeckt worden. Unsere Herrschaft über das Wissen ist vorbei. Und das ist alles meine Schuld.«

Noch mehr Schreie des Entsetzens. Dann tritt einer der Kugelköpfe vor und hebt einen Stummelarm.

»**Ruhe, bei der Weisheit!** Wir wussten immer, dass dieser Tag einmal kommen würde. Aber was sind das für seltsame Wesen bei dir, Quasul? Sind sie etwa die Erbauer des Raumschiffs?«

»Nein, Konkor«, antwortet Quasul. »Soweit ich es verstanden habe, stammen sie tatsächlich von einem fernen Planeten, doch sie gehören nicht zu dem Volk, welches das Raumschiff gebaut hat. Sie verfügen über noch mächtigere Technologie. Dieses Band um meinen Kopf ermöglicht es mir zum Beispiel, ihre Sprache zu verstehen.«

Die anderen Kugelköpfe machen klackernde Geräusche, die vermutlich erstaunte Ausrufe sind.

»Diese Fremden haben das Geheimnis des Hüters der Weisheit gelüftet und damit das Gleichgewicht auf diesem Planeten zerstört«, sagt der Kugelkopf namens Konkor. »Ist dir klar, was sie damit angerichtet haben? Wir können nun dieses gefährliche Wissen nicht mehr vor Missbrauch schützen. Es wird nicht lange dauern, bis irgendwelche Dummköpfe damit schreckliche Waffen herstellen, um sich zu den neuen Herrschern über diesen Planeten aufzuschwingen. Verheerende

Kriege und Umweltzerstörung werden die Folge sein. Am Ende wird es uns ergehen wie jenen, die das Raumschiff gebaut haben – unser Volk wird sich selbst vernichten. Das dürfen wir nicht zulassen!«

Felix hat den Eindruck, dass dieser Konkor mit glühendem Eifer spricht, und das gefällt ihm gar nicht.

»Es ist zu spät, Konkor«, erwidert Quasul. »Ich bin enttarnt worden. Das Geheimnis ist gelüftet.«

»Bis jetzt wissen nur die Kastenköpfe davon, die im Thronsaal waren, als es passierte, oder?«

»Das stimmt«, bestätigt Quasul.

»Dann können wir das Geheimnis immer noch bewahren«, sagt Konkor.

»Was … hast du vor?«

»Es gibt nur eine Möglichkeit, diese Welt zu retten: Wir müssen das geheime Wissen mit in den Tod nehmen. Wir müssen das Artefakt und alle, die davon wissen, vernichten – einschließlich uns selbst.«

Ein Geräusch wie ein Aufstöhnen kommt von den Kugelköpfen, während die Kastenköpfe sich zu erschrecken scheinen.

»Du … du willst doch nicht etwa …?«, stottert Quasul.

»Doch, das will ich!«, erwidert Konkor. »Ich werde die Bombe zünden.«

Rasch geht er zu einem Schrank an der Wand und holt ein kleines, rechteckiges Gerät heraus.

»Nein!«, ruft Quasul. »Das darfst du nicht tun!«

Was immer dieser Konkor vorhat, es ist bestimmt nichts Gutes, so viel ist Felix klar.

»Moment!«, schaltet er sich ein. »Quasul, bitte sag Konkor, dass ich mit ihm reden möchte.«

»Was hat der Fremde gesagt?«, fragt Konkor.

»Er möchte mit dir reden«, erklärt Quasul.

»Da gibt es nichts zu reden!«, entgegnet Konkor.

»Sag ihm, dass er sich irrt!«, ruft Felix schnell.

»Technologie kann gefährlich sein, das stimmt, aber nicht jedes Volk zerstört sich damit automatisch selbst. Die Galaxis ist voll von Lebensformen, die fortschrittliche Technologie entwickelt haben und trotzdem weiterexistieren.«

»Das stimmt!«, fügt Bargel hinzu. »Wir sind der beste Beweis dafür!«

Quasul übersetzt die Worte.

Konkor stößt ein unverständliches Geräusch aus, das für Felix ungläubig klingt.

»Das sagt dieser Fremde doch bloß, um seine eigene Haut zu retten«, erwidert er. »Und selbst wenn es stimmt, dass manche Völker klug genug sind, mit zerstörerischer Technik umzugehen – woher willst du wissen, dass das bei unserem Volk ebenfalls der Fall sein wird? Warum haben unsere Vorfahren denn die Lernschlafkammern gebaut? Doch wohl kaum, weil sie so großes Vertrauen in die Vernunft ihrer

Artgenossen hatten. Ich beuge mich ihrer Weisheit, auch wenn es meinen Tod bedeutet!«

Konkor hantiert an dem kleinen Gerät herum. Auf einmal beginnt etwas in den Trümmern des Raumschiffs rot zu blinken. Schrille, quietschende Geräusche erklingen. Der Kommunikator erkennt sie als Sprache und übersetzt sie: **»Achtung, Achtung! Selbstzerstörung in 30 Millizyklen. Bitte entfernen Sie sich mindestens 100 000 Standardlängen.«**

Nach einer kurzen Pause wiederholt sich die Warnung: **»Achtung, Achtung! Selbstzerstörung in 29 Millizyklen. Bitte entfernen Sie sich ...«**

»100 000 Standardlängen?«, ruft Bargel aus. »Das ist mehr als der Durchmesser dieses Planeten! Was für eine Bombe hat dieser Wahnsinnige da gezündet?«

Dilara wird blass und reißt die Augen auf.

»Bedeutet das etwa, der ganze Planet wird zerstört?«, fragt Felix erschrocken. »Nicht nur dieses Gebäude?«

»Sieht so aus«, stimmt Bargel zu.

»Bei der Weisheit!«, ruft Quasul aus. »Konkor, was hast du getan? Statt unser Volk zu retten, hast du unsere vollständige Vernichtung eingeleitet!«

»Was?«, erwidert Konkor entsetzt. »Aber … das kann nicht sein! Keine Bombe ist dafür stark genug!«

»Ach ja? Und woher willst du das wissen, du Dummkopf? Weißt du etwa, wie die Technologie der Erbauer des Artefakts genau funktioniert?«

»Nein, aber ich dachte …«

Während die beiden diskutieren, erklingt ohne Pause weiter die Warnung: **»Selbstzerstörung in 25 Millizyklen …«**

Countdown

Felix rennt zum Wrack des Raumschiffs. In den Trümmern entdeckt er eine lange schwarze Kiste in der Form eines Sargs. Auf ihrer Oberseite blinkt ein rotes Licht. Daneben ist eine Reihe von neun runden Tasten mit seltsamen Symbolen angebracht:

Die quietschenden Geräusche, die der Kommunikator als Warnung übersetzt, kommen eindeutig aus der Kiste. Das muss die Selbstzerstörungsbombe sein!

»Achtung, Achtung!«, erklingt es erneut in Felix' Kopf. **»Selbstzerstörung in 23 Millizyklen. Bitte entfernen Sie sich mindestens 100000 Standardlängen.«**

»Wir müssen von hier verschwinden!«, ruft Bargel. »Ich werde jetzt Hilfe holen.«

»Aber wir können doch nicht zulassen, dass dieser Planet zerstört wird!«, entgegnet Felix.

»Was willst du denn dagegen tun?«

»Vielleicht kann man die Selbstzerstörung irgendwie stoppen«, meint Dilara.

Trotz der gefährlichen Situation wirkt sie erstaunlich ruhig.

»Ja, das denke ich auch«, stimmt Felix zu. Er zeigt auf die Tasten neben dem blinkenden Licht. »Vielleicht muss man diese Tasten in der richtigen

Reihenfolge drücken, um den Countdown anzuhalten.«

»Ja, schon möglich«, gibt Bargel zu. »Aber woher willst du wissen, welches die richtige Reihenfolge ist? Mir jedenfalls sagen die Zeichen darauf nichts.«

»Quasul, habt ihr herausgefunden, was diese Symbole bedeuten?«, fragt Felix.

»Nein, leider nicht«, antwortet der Kugelkopf.

»Was habe ich getan!«, jammert Konkor. »Ich wollte doch nur die Welt retten! Und jetzt habe ich ihren Untergang ausgelöst!«

»Warte mal«, sagt Felix. »Wie hat er die Bombe eigentlich aktiviert?«

»Mit dem kleinen Kasten da«, sagt Huuplu.

Felix geht zu Konkor und nimmt ihm den Kasten ab. Darauf ist nur eine einzige Taste zu sehen:

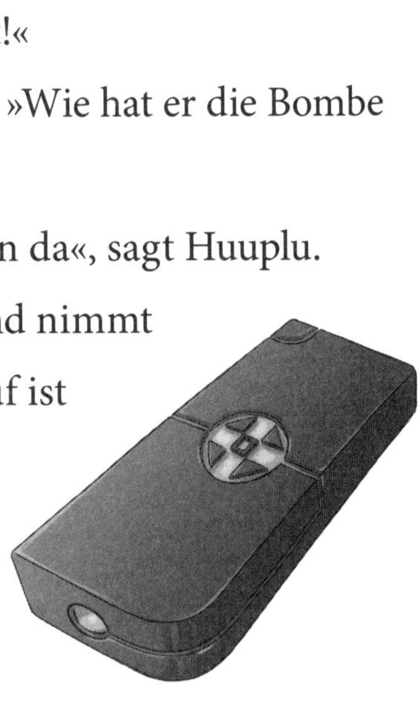

Das Symbol darauf ähnelt keinem auf der Bombe. Doch als Felix den Kasten umdreht, entdeckt er weitere Zeichen, die in das dunkle Material eingraviert sind:

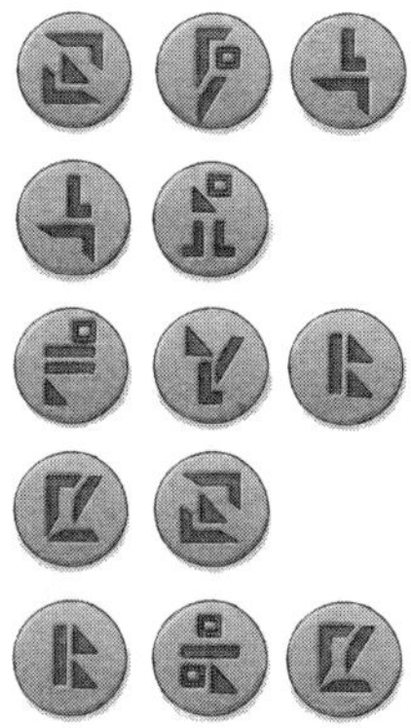

Die 13 Symbole sind mit denen auf der Bombe identisch, aber anders angeordnet. Könnten dies Hinweise sein, wie man die Selbstzerstörung stoppen kann? Vielleicht sind sie so gestaltet, dass auch ein intelligentes Wesen, das die Sprache nicht versteht, sie entschlüsseln kann. Dies könnte eine Notlösung sein für den Fall, dass das Raumschiff auf einem bewohnten Planeten abstürzt und die Bombe versehentlich

aktiviert wird. Es ist eine geringe Hoffnung, doch besser als gar keine.

»Achtung, Achtung! Selbstzerstörung in 15 Millizyklen«, läuft der Countdown weiter. **»Bitte entfernen Sie sich mindestens 100000 Standardlängen.«**

Fieberhaft drückt Felix die Tasten auf der Bombe in der Reihenfolge der Zeichen, die auf der Rückseite der Fernbedienung eingraviert sind. Er beginnt oben:

Als er das neunte Mal auf eine Taste drückt, erklingt ein Quietschen.

»Falscher Deaktivierungscode«, übersetzt der Kommunikator. **»Selbstzerstörung in 14 Millizyklen. Bitte entfernen Sie sich ...«**

»Das wird nichts«, meint Bargel. »Ich rufe jetzt Hilfe.«

»Einen Moment noch!«, bittet Felix. »Es muss eine Lösung geben! Auf dem Kasten sind 13 Zeichen abgebildet, aber die Warnung kam schon nach neun Tasten. Das heißt vermutlich, man muss jedes Symbol nur einmal antippen. Vielleicht wenn ich die doppelten einfach auslasse …«

»Warte mal«, meldet sich Dilara zu Wort. »Sieh doch, das letzte Symbol in jeder Reihe entspricht dem ersten in einer anderen! Womöglich bedeutet das etwas … Ach nein, ich habe mich geirrt. Das letzte Zeichen in der zweiten Reihe kommt nur einmal vor. Schade, ich dachte, ich hätte die Lösung.«

»Das ist es!«, ruft Felix. »Du bist genial, Dilara! Wenn man das Endsymbol eines Stücks mit dem Anfangssymbol des nächsten Stücks gleichsetzt, dann bilden die fünf Reihen auf der Fernbedienung eine Kette. So kann man die Symbole alle in eine Reihenfolge bringen. Mal sehen … Das erste Symbol in der dritten Reihe ist in keiner anderen Reihe das Endsymbol, das heißt, dies müsste der Anfang der Kette sein. Das letzte Symbol in der dritten Reihe ist das erste in der fünften, also ist Reihe fünf das zweite Teilstück, danach kommt Reihe vier, dann eins und zum Schluss zwei.«

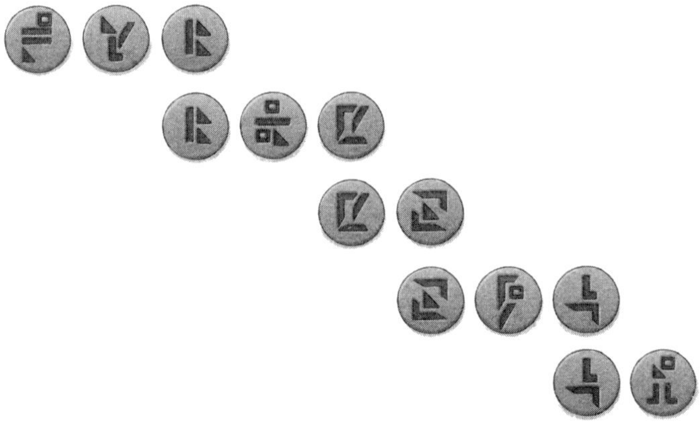

»Selbstzerstörung in 9 Millizyklen«, plärrt die Bombe. **»Bitte entfernen Sie sich …«**

Felix schluckt. Wenn er sich irrt, ist der Planet der Kastenköpfe verloren! Rasch tippt er die Symbole in der Reihenfolge ein, die er nach Dilaras Idee für die richtige hält:

»Deaktivierungscode korrekt«, quietscht die Bombe. **»Selbstzerstörung angehalten.«**

Erleichtert fallen sich Felix und Dilara in die Arme, während Bargel die beiden mit seinen vier Tentakeln umklammert.

»Was ist geschehen?«, fragt Konkor.

»Die Fremden haben die Bombe deaktiviert«, erklärt Quasul. »Wir sind gerettet!«

Daraufhin stoßen die Kugel- und Kastenköpfe klackernde Jubelschreie aus.

»Die Fremden können mich mit ihren Stirnbändern verstehen?«, will Konkor wissen.

»Ja«, bestätigt Quasul. »Hier, nimm meines. Dann kannst du direkt mit ihnen sprechen.«

Er übergibt seinen Kommunikator an Konkor, der ihn sich umlegt.

»Fremde, ihr habt uns einen großen Dienst erwiesen!«, verkündet er feierlich. »Ihr habt unsere Welt vor der Zerstörung durch unsere eigene Dummheit gerettet. Damit habt ihr bewiesen, dass ihr viel weiser seid als wir. Somit gebührt euch die Ehre, die neuen Hüter der Weisheit zu sein und unser Volk anzuführen. Wir werden tun, was immer ihr befehlt!«

»Äh, vielen Dank«, sagt Felix. »Aber wir können nicht eure Anführer sein. Wir müssen auf unsere Heimatplaneten zurückkehren.«

»Das ist äußerst bedauerlich«, meint Konkor. »Doch wie können wir ohne eure Hilfe verhindern, dass wir uns durch Dummheit und Arroganz selbst zerstören?«

Felix wendet sich an Bargel. »Hast du dazu vielleicht eine Idee? Wir Menschen können leider auch ziemlich dumm und arrogant sein und gehen im Moment nicht sehr gut mit unserem Heimatplaneten um. Ist dein Volk in dieser Hinsicht schon weiter?«

»Ich bin wohl kein großer Experte darin, wie man gut mit Dingen umgeht«, erwidert Bargel und hält zum Beweis den leeren Portalschlüssel hoch. »Aber ich kenne das Grundprinzip der Galaktischen Föderation, dem sich alle Mitglieder verpflichtet haben und das seit Millionen Zyklen für Frieden in der Galaxis sorgt.«

»Und wie lautet dieses Prinzip?«, fragt Konkor.

»Es lautet ›Vielfalt‹«, sagt Bargel.

»›Vielfalt‹?«, wiederholt Felix. »Nur dieses eine Wort? Was genau soll das denn bedeuten?«

»Vielfalt ist eines der mächtigsten Prinzipien des Universums«, behauptet Bargel. »Denn es ist das Erfolgsrezept der Evolution, die alles Leben im Kosmos erschaffen hat. Je vielfältiger das Leben auf einem

Planeten ist, desto größer ist die Wahrscheinlichkeit, dass es selbst verheerende Katastrophen, wie zum Beispiel Asteroideneinschläge, übersteht. Ohne diese Vielfalt hätte sich niemals intelligentes Leben entwickeln können. Deshalb ist es das Grundprinzip der Galaktischen Föderation, Vielfalt und Andersartigkeit nicht nur zu tolerieren, sondern zu schätzen und zu fördern. Das ist auch das Prinzip der *Galactic Games*: Die besten Teams sind aus sehr unterschiedlichen Wesen zusammengesetzt, die sich gegenseitig ergänzen.«

»Das stimmt«, sagt Felix. »Als du mich ins Team Tentakelfaust geholt hast, dachte Thorax, ich wäre bloß ein nutzloser Loser, weil ich nicht so stark und geschickt bin wie er. Doch es hat sich gezeigt, dass ich Dinge kann, in denen er nicht gut ist, während er Fähigkeiten hat, die ich nicht besitze. Sonst hätten wir es niemals geschafft, gegen die Unbesiegbaren Helden zu gewinnen.«

»Selbst Zyrras Team besteht aus den verschiedensten Wesen«, stimmt Bargel zu.

»Oje!«, ruft Konkor aus. Er deutet auf die Kastenköpfe. »Dann haben wir Hüter der Weisheit ja alles falsch gemacht! Wir glaubten, es sei gut, wenn alle Mitglieder unseres Volks gleich aussehen und dasselbe wissen und denken. Deshalb haben wir die Lernschlafkammern gebaut und dafür gesorgt, dass ihre Köpfe in eine gleichmäßige Kastenform gepresst werden. Damit haben wir auch die Vielfalt aus unserem

Volk herausgepresst. Wir sind nicht die Hüter der Weisheit, sondern der Arroganz und Dummheit!«

»Es gibt immer wieder Lebensformen in der Galaxis, die meinen, ihr Volk sei besser als alle anderen«, fährt Bargel fort. »Sie verachten die Vielfalt und denken nur an ihren eigenen Vorteil. Diese Lebensformen überspringen fast nie die kritische Hürde.«

»Was ist denn das?«, fragt Dilara.

»Früher oder später erlangt jede Zivilisation die Fähigkeit, ihren Lebensraum und sich selbst zu zerstören. Das nennen wir ›die kritische Hürde‹. Wenn sie es schafft, mit dieser Macht verantwortungsbewusst umzugehen und ihre eigene Gier zu zügeln, kann die Zivilisation die Hürde überspringen. Dann ist sie bereit, in die Galaktische Föderation aufgenommen zu werden.«

»Und wenn sie das nicht schafft?«

»Leider vernichten sich solche Zivilisationen früher

oder später selbst, so wie das Volk, das dieses Raumschiff hier gebaut hat. Manchmal gelingt es ihnen, die Raumfahrt zu entwickeln, kurz bevor sie ihren eigenen Planeten unbewohnbar machen. Dann versuchen sie oft, andere Zivilisationen zu erobern, und zetteln Kriege an.«

»Also gibt es doch Kriege zwischen verschiedenen galaktischen Völkern?«, wirft Felix ein.

»Nein. Die Friedenswächter verhindern das mit ihrer weit überlegenen Technologie. Sie beschützen alle Mitglieder der Galaktischen Föderation. Noch nie ist es einer zerstörerischen Lebensform gelungen, einen anderen bewohnten Planeten zu besetzen.«

»Und wo, meinst du, steht Dilaras und mein Heimatplanet, die Erde? Glaubst du, wir werden die kritische Hürde überspringen?«

»Das weiß ich nicht«, erwidert Bargel. »Aber ich bin mir sicher, die Galaktische Föderation beobachtet euch bereits. Deshalb ist es auch so gefährlich, wenn ein Mitglied eurer Spezies in den Besitz eines Portalschlüssels gelangt. Solche Technologie kann das empfindliche Gleichgewicht einer Zivilisation schnell zum Kippen bringen.«

»Dann ist es ja umso besser, dass wir es geschafft haben, Dr. Moron den Schlüssel wieder abzunehmen und ihm zu entwischen«, meint Dilara.

»Ja, schon«, stimmt Bargel zu. »Aber er hat immer noch meinen Lokator.«

»Außerdem haben wir noch ein anderes Problem«, stellt Felix fest. »Wie kommen wir jetzt wieder nach Hause?«

Basteleien

»Ich habe eine Idee«, verkündet Bargel.

»Ach ja?«, fragt Felix. »Welche denn?«

Das Tentakelschwein deutet auf die Bombe. »Dadrin steckt genug Energie, um einen Planeten zu zerstören. Das sollte eigentlich ausreichen, um meinen Portalschlüssel aufzuladen.«

»Und wie willst du das machen? Doch nicht etwa, indem du die Bombe zündest?!«

»Nein, natürlich nicht. Ich werde sie bloß *auseinandernehmen* und ihre Energiequelle anzapfen.«

»Du willst die Bombe auseinandernehmen?«, ruft Dilara entgeistert. »Das ist doch wohl nicht dein Ernst!«

»Das ist sehr wohl mein Ernst«, erwidert Bargel.

»Und wenn die Bombe explodiert, während du daran herumbastelst?«

»Ach was, da passiert schon nichts. Vertrau mir!«

»Ich soll dir vertrauen?« Dilara schüttelt den Kopf. »Ich kenne dich erst seit einem Tag und war seitdem schon mehrmals in Lebensgefahr!«

»Aber du lebst noch, oder?«, entgegnet Bargel. »Also beschwer dich nicht!«

»Ich lebe nur deshalb noch, weil Felix die Bombe entschärft hat und nicht du. Wenn du nicht vergessen hättest, dein Schlüsseldings aufzuladen, wären wir gar nicht erst in diese Situation geraten. Und da erwartest du, dass ich dir vertraue?«

Bargel stößt ein schnaubendes Geräusch aus.

»Was ist mit dir, Felix? Vertraust du mir auch nicht?«

»Weißt du denn, wie so was geht? Eine Bombe auseinanderbauen, meine ich?«

»Klar. In einem früheren Leben war ich mal Hochenergietechniker.«

»In einem früheren Leben?«, wiederholt Felix. »Was soll das denn bedeuten?«

»Auf unserem Planeten legt man am Ende seines Lebens all seine Erinnerungen in ein Ei, aus dem dann ein neues Wesen schlüpft«, erklärt Bargel.

Felix sieht ihn verdutzt an. »Das heißt, du hast alle Erinnerungen deiner Vorfahren?«

»Na ja, fast alle. Manchmal gehen dabei ein paar Details verloren. Aber ich kann mich noch gut daran erinnern, wie mein Urgroßvater mal eine Hyperraumschleuder repariert hat. Das Ding wäre dabei fast explodiert, aber er hat noch rechtzeitig den Stecker gezogen und alles ist gut ausgegangen.«

»Das klingt für mich nicht sehr vertrauenerweckend«, wirft Dilara ein.

»Nicht?«, fragt Bargel. »Lernt ihr denn auf der Erde nicht aus euren Fehlern?«

»Doch schon, aber … mir wäre es lieber, du würdest erst gar keinen Fehler machen.«

»Wie soll man denn etwas lernen, ohne Fehler zu machen?«

»Weiß ich auch nicht. Jedenfalls möchte ich bei deinem nächsten Fehler nur ungern draufgehen. Ich bin dagegen, dass du an diesem Ding herumbastelst.«

Bargel wendet sich an Felix. »Und du? Hast du auch Angst davor, dass ich etwas falsch mache?«

Seine Stielaugen starren ihn erwartungsvoll an. Auch Dilara mustert ihn gespannt.

Felix zögert. An einer Bombe herumzubasteln, die einen ganzen Planeten vernichten kann, erscheint ihm ziemlich riskant. Andererseits ist das wohl die einzige Möglichkeit, Team Tentakelfaust noch zu retten, denn wenn Bargel stattdessen Hilfe holt, werden sie nie wieder an den *Galactic Games* teilnehmen können. Und außerdem möchte er seinen Freund nicht enttäuschen. Immerhin hat Bargel ihm auch vertraut.

»Versuch es!«, entscheidet er. »Aber sei vorsichtig!«

»Klar! Danke!«

»Ts, typisch Jungs!«, grummelt Dilara.

Bargel macht sich mit seinen Tentakeln an der Bombe zu schaffen.

»Was macht er da?«, fragt Quasul, der keinen Kommunikator mehr trägt und deshalb nicht verstehen konnte, was sie vorhaben.

»Er versucht, die Bombe auseinanderzubauen«, erklärt Konkor.

»Was? Aber wenn sie dabei explodiert …«

»Das hat die Fremde auch befürchtet. Aber der andere, der die Bombe deaktiviert hat, scheint dem

Vierarmigen zu vertrauen. Also werden wir ihm wohl auch vertrauen müssen.«

Bargel sieht sich im Labor um, marschiert zu einem der Regale und nimmt einen länglichen Gegenstand heraus, der aussieht wie ein Schraubenzieher. Dann wendet er sich wieder der Bombe zu. Kurz darauf hebt er eine schwarze Abdeckung hoch und legt sie zur Seite.

Darunter kommen ein Wirrwarr dünner Schläuche, haarfeiner Drähte sowie Tausende winzige kugel-, kasten- und spiralförmige Einzelteile zum Vorschein.

»Das hier muss die Dekohärenzmatrix sein«, murmelt Bargel vor sich hin. »Und das da sind die Neurosimulatoren … Ah, da ist ja die Hauptenergieleitung. So, jetzt ganz vorsichtig … Ups!«

Das rote Licht fängt wieder an zu blinken.

»Achtung, Achtung!«, ertönt die quietschende Stimme. **»Selbstzerstörung in 8 Millizyklen. Bitte entfernen Sie sich mindestens 100 000 Standardlängen.«**

»Oh nein!«, ruft Konkor aus.

»Da siehst du, was du angerichtet hast!«, schimpft Dilara. »Schnell, Felix, tipp noch einmal den Deaktivierungscode ein!«

Felix deutet auf die Abdeckung auf dem Boden.

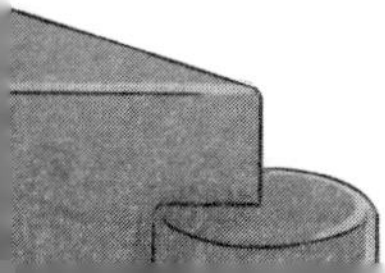

»Das kann ich nicht. Die Tasten dafür sind an der Hülle montiert, aber die ist nun nicht mehr mit der Bombe verbunden.«

»Seid mal ruhig, ich muss mich konzentrieren!«, ermahnt Bargel sie.

Hektisch fummelt er mit seinen Tentakeln im Inneren der Bombe herum. Felix kann nicht erkennen, was er tut.

Währenddessen läuft der Countdown weiter:

»Selbstzerstörung in 6 Millizyklen …«

»Verdammt, tu doch was, Felix!«, drängt Dilara. »Ruf deine Alienfreundin, Lisa oder wie die heißt. Sie muss uns retten!«

»Ich bin hier und höre euch die ganze Zeit zu«, meldet sich die Gestaltwandlerin zu Wort. »Ich hab vor Aufregung und Sorge schon überall Blasen. Ich fürchte, es ist bereits zu spät, um euch noch Hilfe zu schicken.«

»Selbstzerstörung in 5 Millizyklen«, erklingt der Countdown. **»Bitte entfer-«**

Die quietschende Stimme verstummt mitten im Wort und das Licht hört auf zu blinken. Bargel hält ein kleines durchsichtiges Objekt hoch, das er aus dem Inneren der Bombe entfernt hat. Darin glüht ein winziger Lichtpunkt so gleißend hell, dass Felix die Augen abwenden muss.

»Da haben wir die Energiequelle!«, ruft das Tentakelschwein triumphierend. »Ein Miniwurmloch, genau wie ich es mir dachte.«

»Ein was?«, fragt Dilara.

»Das funktioniert so ähnlich wie ein Quantenportal«, erklärt Bargel. »Nur, dass das andere Ende des Portals im Inneren eines Sterns fixiert ist. So kann man sogleich die Energie einer ganzen Sonne anzapfen.«

»Und damit kannst du jetzt den Portalschlüssel aufladen?«, will Felix wissen.

»Im Prinzip schon. Ich muss nur noch schnell einen improvisierten Adapter basteln.«

»Alles klar bei euch?«, fragt Lysia.

»Bargel hat die Bombe entschärft und darin eine Energiequelle gefunden«, antwortet Felix. »Ein Quantenportal ins Innere eines Sterns, wenn ich es richtig verstanden habe.«

»Oh, gut. Ich hoffe nur, ihm ist klar, dass so eine Energiequelle mindestens genauso gefährlich ist wie die Bombe. Wenn sie ihm herunterfällt und dabei die Hülle, mit der die Energie im Zaum gehalten wird, kaputtgeht ...«

Felix zuckt zusammen. Das durchsichtige Ding wirkt ziemlich zerbrechlich!

»Ach was, ich passe schon auf«, erwidert Bargel.

Er platziert das leuchtende Gefäß vorsichtig auf

einem Tisch, dann kramt er in der Bombe herum und reißt Drähte und verschiedene Objekte heraus, die er mit einem kleinen, an der Spitze glühenden Stift aus dem Labor zusammenlötet. Als er damit fertig ist, steckt er zwei dünne Drähte in eine winzige Öffnung am Ende des Portalschlüssels. Zum Schluss nimmt er die Energiequelle in einen Tentakel und setzt sie behutsam in eine kleine Vertiefung in seinem selbst gebastelten Gerät ein.

»So, jetzt nur noch den Schalter umlegen«, sagt er und bewegt mit der Spitze eines Tentakels einen winzigen Hebel.

Ein grelles Licht blitzt auf und es gibt einen gewaltigen Knall. Felix wird quer durch den Raum geschleudert und landet hart auf dem Rücken. Stöhnend rappelt er sich wieder auf und sieht sich um. Auch Dilara und die Kasten- und Kugelköpfe wurden von den Beinen gerissen. Überall liegen die

Einzelteile des Geräts herum, das Bargel gebastelt hat. Das Tentakelschwein selbst wurde von der Wucht der Explosion auf eines der Regale an der Wand des Raums geschleudert und rührt sich nicht.

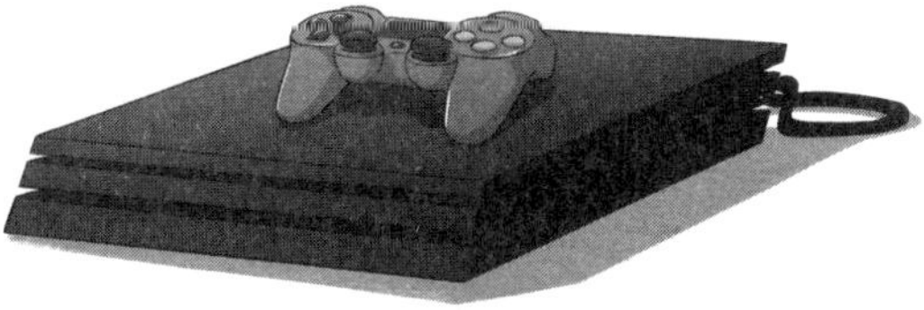

Ausgang

»Was ist geschehen?«, fragt Konkor, der mühsam wieder auf die Beine kommt. »Ist die Bombe explodiert?«

»Wenn es so wäre, würdest du dir diese Frage nicht stellen können«, meint Quasul.

Felix läuft zu dem Regal, auf dem sein Freund liegt. »Bargel! Bargel, bist du okay?«

Er zieht an einem der Tentakel, die schlaff herunterhängen.

Bargel stößt ein lang gezogenes Grunzen aus. »Aua … das tat weh«, stöhnt er.

Vorsichtig klettert er von dem Regal herunter.

»Das war ja wohl nichts«, kommentiert Dilara.

»Immerhin, wir leben noch. Rufst du jetzt bitte endlich jemanden zu Hilfe?«

»Moment noch«, meint Bargel.

Er geht zu dem Tisch, auf dem die Apparatur steht, die er gebaut hat. Die durchsichtige Hülle ist noch dort, doch der gleißend helle Punkt in ihrem Inneren ist verschwunden. Daneben liegt der Portalschlüssel.

Bargel nimmt ihn in die Hand und drückt eine der Tasten. Eine helle Öffnung erscheint mitten im Raum.

»Na bitte!«, ruft er triumphierend.

»Du hast es geschafft!« Überglücklich umarmt Felix seinen Freund. »Du bist ein Genie, Bargel!«

»Nicht schlecht«, meint Dilara. »Aber wohin führt dieses Portal?«

»Keine Ahnung«, erwidert Bargel.

»Na toll! Heißt das etwa, wir haben hier unser Leben riskiert, nur um weiterhin von einem Planeten zum anderen zu irren, bis wir irgendwann von einem Monster gefressen werden?«

»Du kannst ja hierbleiben, wenn dir das lieber ist«, gibt Bargel schnippisch zurück.

»Ich will aber nicht hierbleiben! Ich will endlich nach Hause!«

»Darf ich mal den Portalschlüssel haben?«, fragt Felix.

Bargel reicht ihm das Gerät.

Felix drückt die Taste, die das Portal schließt. Mit geschlossenen Augen konzentriert er sich so gut er kann auf den Ort, den er am besten von allen kennt: sein Zimmer. Er denkt an sein Bett, die Poster, die Spielkonsole. Er erinnert sich an den Geruch, das Gefühl der weichen Bettwäsche, die Geräusche von der Straße. Dann betätigt er den Knopf, der das Portal aktiviert.

Eine Öffnung erscheint, doch sie ist dunkel. Es scheint nicht funktioniert zu haben.

Seufzend gibt Felix den Portalschlüssel zurück. Da entdeckt er in der Finsternis auf der anderen Seite des Portals ein schwaches Leuchten. Das ist sein Radiowecker auf dem Nachttisch!

Offenbar ist es auf der Erde bereits dunkel. Aber als er sein Zimmer verlassen hat, um zu Dilara zu gehen, war es noch hell. Und Bargel hat doch behauptet, auf der Erde verginge keine Zeit, während man auf einen anderen Planeten reist … Dann fällt ihm die Lösung für dieses vermeintliche Rätsel ein: Sie waren eine Zeit lang in fensterlosen Räumen in Dr. Morons Geheimlabor eingesperrt. Währenddessen muss draußen die Sonne untergegangen sein.

Felix und Dilara verabschieden sich von Huuplu und den anderen Kugel- und Kastenköpfen.

»Wir danken euch, Fremde, dass ihr uns die Augen geöffnet habt«, sagt Quasul. »Wir wissen nun, was wir tun müssen, um die kritische Hürde auf unserem Planeten zu überspringen. Es lebe die Vielfalt!«

»Es lebe die Vielfalt!«, rufen die anderen im Chor.

»Um diese Phase der Veränderung zu bewältigen, brauchen wir einen neuen Hüter der Weisheit«, fährt Quasul fort. »Wer wäre dafür besser geeignet als du, Huuplu? Dein Kopf ist nicht perfekt würfelförmig. Damit bist du weder ein reiner Kastenkopf noch ein Kugelkopf. Du stehst für das Andersartige – für die Vielfalt. Bist du bereit, diese Aufgabe anzunehmen?«

»Aber … ich bin nicht weise!«, widerspricht Huuplu. »Ich weiß so gut wie gar nichts!«

»Dass du das erkennst, beweist deine Weisheit besser als die Behauptung, klug zu sein«, erwidert Quasul. »Nur der Weise erkennt sein eigenes Unwissen. Es lebe Huuplu, unser neuer Hüter der Weisheit!«

»Es lebe Huuplu!«, rufen die anderen.

»Was ist mit dir, Bargel?«, fragt Felix. »Willst du mit uns auf die Erde kommen?«

»Nein danke! Von eurem Planeten habe ich fürs Erste genug. Geht ihr nur nach Hause, ich werde danach ein Portal in meine Heimatwelt öffnen.«

»Bist du sicher, dass du das ohne Lokator schaffst?«

»Ich krieg das schon hin. Vertrau mir!«

»Ja«, sagt Felix und grinst. »Ja, ich vertraue dir!«

Sie umarmen sich, dann treten Felix und Dilara durch das Portal.

Als sie in Felix' Zimmer sind, drehen sie sich noch einmal um und winken Bargel, Huuplu und den anderen zu. Dann drückt das Tentakelschwein auf einen Knopf an dem Portalschlüssel und die helle Öffnung verschwindet, sodass es im Zimmer stockdunkel wird.

Im nächsten Moment geht die Tür auf. Felix' Mutter erscheint im Eingang, die Augen weit aufgerissen.

»Felix? Du … bist hier? Ich habe dich überall gesucht … Und wieso steht ihr hier beide im Dunkeln?«

Sie schaltet das Licht ein.

»Ich, äh, also …« Felix spürt, wie er rot wird.

Seine Mutter macht ein strenges Gesicht. »Also so geht das doch nicht! Ihr könnt euch nicht einfach zu zweit in dein Zimmer schleichen, ohne mir Bescheid zu sagen. Und dann auch noch im Dunkeln!«

»So … so war das gar nicht …«, stottert Felix.

Mama stemmt die Hände in die Hüften. »Und wie war es dann?«

»Wir, äh, haben geprobt!«, sagt Felix und zeigt auf den Kommunikator, den er immer noch um die Stirn trägt. Er wirft Dilara einen Blick zu. »Du weißt schon, das Theaterstück für die Schule, in dem Dilara die Hauptrolle spielt. Das mit den Elfenprinzessinnen.«

Mama runzelt die Stirn. »Im Dunkeln?«

»Ja, weil, äh, da gibt es eine Szene in einer Höhle …«

»… und ich wollte sichergehen, dass ich den Text auch im Dunkeln sprechen und dazu die richtigen Bewegungen ausführen kann«, springt Dilara ein. Sie schwingt die Arme, macht einen seltsamen Schritt nach vorn und sagt mit lauter, gestelzter Stimme: »Weh mir! Der Elfenprinz erwidert meine Liebe nicht! Voll Gram möcht ich mich in den Brunnen stürzen!«

»Aha«, meint Mama. Sie guckt zweifelnd, bohrt jedoch nicht weiter nach. »Aber musst du nicht langsam nach Hause? Es ist schon nach neun.«

»Ja, ich wollte ohnehin gerade gehen. Danke, Felix, dass du mir beim Proben geholfen hast. Bis Montag!« Sie grinst und zwinkert ihm zu.

»Äh, gern geschehen«, erwidert er. »Bis Montag.«

Nachdem Mama und Dilara sein Zimmer verlassen haben, legt sich Felix erschöpft auf sein Bett. Was für ein unglaubliches Abenteuer! Diesmal ging es nicht nur um ein Spiel gegen die Unbesiegbaren Helden,

sondern er musste einen ganzen Planeten vor der Zerstörung bewahren! Kaum zu glauben, dass die Sache am Ende doch noch einen guten Ausgang genommen hat.

Am besten ist, dass Dilara mit dabei war. Endlich muss er nichts mehr vor ihr verheimlichen. Außerdem wäre die Sache ohne sie wohl nicht so gut ausgegangen. Vielleicht kann sie ja bei der nächsten Runde der *Galactic Games* mitmachen. Team Tentakelfaust könnte jemanden wie sie gut gebrauchen …

Felix grinst bei dem Gedanken. Doch dann fällt ihm Dr. Moron wieder ein, der immer noch Bargels Lokator hat. Was werden der durchgeknallte Wissenschaftler und der fiese Herr Blasting jetzt tun, nachdem ihnen der Alien entwischt ist? Werden sie aufgeben oder Felix erneut auflauern? Versuchen sie womöglich noch einmal, Dilara und ihn zu entführen?

Er verdrängt die düsteren Gedanken. Morgen ist immer noch genug Zeit, sich darüber Sorgen zu machen.

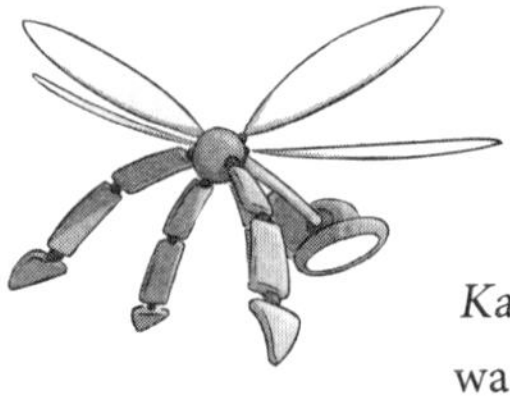

Karl Olsberg promovierte über künstliche Intelligenz, war Unternehmensberater, Manager bei einem Fernsehsender und gründete mehrere Start-ups, darunter Papego, das die gleichnamige App zum mobilen Weiterlesen gedruckter Bücher entwickelt hat. 2007 erschien sein erster Roman *Das System*, der es auf Anhieb auf die *Spiegel*-Bestsellerliste schaffte. Seitdem schreibt er nicht nur erfolgreich Romane für Erwachsene, sondern auch für Jugendliche und Kinder. Der Thriller *Boy in a White Room* wurde für den Deutschen Jugendliteraturpreis nominiert. Der Autor lebt mit seiner Familie in Hamburg.

Kaja Reinki ist Illustratorin und lebt mit ihren beiden Katzen in Berlin. Nach dem Abitur begann sie das Kommunikationsdesign-Studium, um nach dem Grundstudium in eine Ausbildung der klassischen Illustration und Malerei zu wechseln. Schon während ihres Studiums begann sie, an Browsergames und Comics zu arbeiten. Aktuell arbeitet sie an Kinderbüchern und Jugendcomics. In ihrer Freizeit schlägt ihr Herz fürs Handwerken: egal ob genäht, geklebt oder geformt.

Ron Lipkowski wurde 1989 in Schwerin geboren und besteht immer noch darauf, Schweriner zu sein, obwohl er bereits seit 2010 in Berlin lebt. Hier studierte er Kommunikationsdesign, weil er dachte, dass dieses Studium viel mit Zeichnen zu tun hat. Schon im Grundschulalter war es sein Wunsch, Comiczeichner zu werden. Heute arbeitet er hauptsächlich als Concept Artist, Storyboarder, Kinderbuchillustrator und tatsächlich auch als Comiczeichner.